REBEKKA SALM

WIE DER HASE LÄUFT

ROMAN

knapp

Für Rebecca, die an meiner Seite ist,
egal wie viele Haken das Leben schlägt

TERESA 2022, STADT

Das beharrliche Ticken der Standuhr ist der Herzschlag der Brockenstube. Vor etwa zwei Jahren hat sie jemand bei uns abgegeben. Die Glasscheibe ist stumpf und das Messingpendel mit Grünspan bedeckt, aber die Mechanik funktioniert einwandfrei. Jeden Montag, bevor Karrers Brockenstube öffnet, stecke ich den Aufziehschlüssel in die Öffnung im Ziffernblatt und ziehe das Uhrwerk auf. Acht Umdrehungen reichen. Stimmt die Uhrzeit nicht mit derjenigen auf meinem Handydisplay überein, schiebe ich die erlahmten Zeiger an die richtige Stelle im Stundenkreis. Sie leisten Widerstand wie zwei trotzige Kinder.

Hinter der Standuhr wühlt die einzige Kundin an diesem Nachmittag im Korb mit dem Silberbesteck. Ich wische Staub von einer Auswahl antiker Küchengeräte auf dem Tisch neben der Kasse. Ein Mörser mit Stössel. Eine Kaffeemühle. Eine Küchenwaage aus Eisen mit schwarzem Ziffernblatt, die einst Mehl gewogen hat, Zucker, Gerste. Heute wiegt sie nur noch den Staub, der sich auf ihr absetzt.

Möbel werden angeliefert. Hausräumung. Ein Schaukelstuhl. Kommoden. Ein Schrank aus dunklem Holz, fast schwarz, mit goldenen Schlössern und abgebrochenem Schlüssel. Einiges davon ist antik, das meiste nur alt.

Seit drei Jahren bin ich in Karrers Brockenstube tätig.

Davor habe ich in der Schadenabteilung einer Versicherung gearbeitet.

Menschen riefen an, berichteten, wie ihr Gitarrenkoffer samt Inhalt, einer Hopf Meistergitarre, aus dem Auto gestohlen worden war, auf der Autobahnraststätte Neuenkirch-Ost an der A2 in Richtung Süden, wo sie nur hatten pinkeln wollen, einen doppelten Espresso trinken, um wach zu bleiben für

den restlichen Weg ans Meer, Südfrankreich oder Italien, im Radio die alten Hits, «Don't let me down» vielleicht.
Oder wie die Enkeltochter das Rad geschlagen hatte, noch vor dem sonntäglichen Mittagessen, Zürcher Geschnetzeltes, dazu Wein, ein Weissburgunder, nur ein Glas selbstverständlich, im Wohnzimmer, wie sie dabei von der Bahn abgekommen war und mit dem Fuss die Vase im Biedermeier-Stil vom Beistelltisch gefegt hatte, ein Erbstück der Schwiegermutter, nicht schön anzusehen, zugegeben, unbezahlbar aber ihr emotionaler Wert.
Ich hörte zu. War die Geschichte gut, löste ich eine Zahlung aus.
Gut im Sinne von glaubhaft.
Tausendzweihundert Franken für eine gestohlene Gitarre.
Zweitausendachthundert Franken für eine kaputte Vase.
Ich kenne die Statistik. Zehn Prozent der Schadenzahlungen im Schadenversicherungsgeschäft beruhen auf Betrug. Mindestens. Bei einem Schadenaufwand von rund sieben Milliarden Franken in diesen Bereichen, ganze Schweiz, macht das jährlich siebenhundert Millionen. Geklaute Autobahngitarren, zerdepperte Schwiegermuttervasen – die Leute erzählten mir das Blaue vom Himmel herunter am Telefon.
Im Gegensatz zu den Arbeitskollegen störte ich mich nicht daran.
Die Wahrheit ist auch nur ein Märchen, an das alle glauben.
Als mein Vorgesetzter mir bei einer Reorganisation nahelegte, in die Administration zu wechseln, kündigte ich. Seither arbeite ich in Heinz Karrers Brockenstube am Rand der Altstadt.

Der Chef sitzt den ganzen Tag in seinem Büro. Er tippt Zahlen in Excel-Tabellen. Dabei blickt er über den Rand seiner Lesebrille, die, wenn er sie nicht gerade auf der Nase trägt, an einer goldenen Kette um den feisten Nacken hängt. Ab und an erhasche ich einen Blick auf die Internetseiten, die er wegklickt, wenn ich den Kopf durch die Tür strecke. Die Damen auf dem Bildschirm sind so jung, dass sie seine Enkelinnen sein könnten, wenn er welche hätte. Aber für Enkelinnen fehlen ihm die Kinder, und für die wiederum die Frau.

Den Laden überlässt Heinz Karrer mir, seiner einzigen Angestellten. Ich nehme Anlieferungen entgegen, arrangiere Möbel, hänge Preisschilder an Schrankschlüssel, Nachthafenhenkel und Puppenarme, staube ab und bediene die Kundschaft. Ähnlich wie in der Schadenabteilung geht es in der Brockenstube um Gebrauchtwaren. Und um Geschichten, für die es im besten Fall Geld gibt.

Hundertfünfzig Franken für das Küchenbuffet, Kiefer massiv, Kratzspuren auf der Geschirrablage, vermutlich von einer rolligen Katze, könnten aber auch Fingernägel gewesen sein. Frühes neunzehntes Jahrhundert. Stammt aus dem Pfarrhaus eines Dorfs zehn Kilometer vor der Stadt, ein Wallfahrtsort. Die Pfarrköchin, geistig zurückgeblieben, aber fleissig, soll zwei uneheliche Kinder geboren haben, Vater unbekannt.

Achtzig Franken für die Wanduhr, die einst im Wohnzimmer eines Chemiearbeiters hing und um drei Uhr dreiundvierzig stehen blieb, also exakt zu dem Zeitpunkt, als die Sirenen die Bevölkerung weckten und vor den Verbrennungsgasen warnten, die der Ostwind durchs geöffnete Wohnzimmerfenster wehte und bei über tausend Personen Reizungen der Atemwege verursachten, auch bei besagtem Chemiearbeiter, womit er besser wegkam als die Fische, Aale und Salmoniden, die zu Tausenden mit dem Bauch nach oben rheinabwärts schwammen.

In der Brockenstube gibt es zwei Arten von Kunden.

Diejenigen, die in den Laden stürmen, weder nach links noch nach rechts blicken und überzeugt sind, sie brauchen keine Hilfe bei der Suche nach dem einen Waschzuber, den sie als Wunschbild seit Tagen in ihrem Kopf herumtragen.

Sie nenne ich die Stürmer.
Die anderen sind die, die sich mit vorsichtigen Schritten in den Laden hineintasten, als hätten sie sich auf dem Weg zum Bahnhof verirrt, und sich staunend umsehen. Sie wollen nichts kaufen. Sie wollen nur schauen. Sich die Zeit vertreiben. Wunschbilder erzeugen, die sie dann ein paar Tage lang im Kopf herumtragen, bevor sie zurück in die Brockenstube stürmen, nicht nach links, nicht nach rechts blicken. Das sind die Zögerer.
Frage ich, ob ich helfen kann, antworten sowohl der Stürmer als auch der Zögerer, man schaue bloss. Und dann schauen sie überall hin, bloss nicht zu mir. Ziehe ich mich zurück, erinnert sich keiner der beiden an die Verkäuferin mit Brille und rotblonden Locken, die sie auf dem Oberkopf zu einem unordentlichen Knoten zusammenbindet und deren Mundwinkel immer leicht nach unten zeigen, auch wenn sie zufrieden ist oder zumindest nicht traurig. Sie werden sich weder an mein Gesicht noch an meinen Namen erinnern, der auf dem Schild an meiner Brust steht.
Die Kunst ist es, sich nicht abwimmeln zu lassen. Die Stürmer zu überzeugen, dass der Waschzuber, den ich im Angebot habe, zwar nicht der Gleiche ist wie auf dem Bild in ihrem Kundenkopf, dass er aber mindestens so schön, wertvoll, passend ist. Dabei hilft der Hinweis, dass in besagtem Waschzuber an Wintertagen Ende des vorletzten Jahrhunderts neben dem Ofen in der dunklen Bauernstube, unweit von hier, Kinder gewaschen wurden. Mit rauen Händen und noch raueren Lappen. Und dass eines dieser Kinder der einzige Literaturnobelpreisträger gewesen ist, den das Land je hervorgebracht hat, sieht man von dem anderen ab, der gebürtiger Deutscher war.
Den Zögerern muss man klarmachen, dass sie den Esstisch zwar im Moment nicht unbedingt brauchen, es aber, wenn sie ehrlich sind, bitter bereuen würden, wenn jemand anderer ihnen das Möbelstück vor der Nase wegschnappte. Und

das könne bei einem Tisch wie diesem, an dem im Januar 1934 ein Banküberfall in der Altstadt geplant wurde, der zwei tote Bankangestellte zur Folge hatte und eine Verfolgungsjagd, wie sie die Stadt noch nie gesehen hatte, eine Liebesgeschichte inklusive, Dorli Schupp hiess die Angebetete, eine Schallplattenverkäuferin, schon sehr bald geschehen.

Sowohl der Stürmer als auch der Zögerer geben ihren Widerstand erst auf, wenn ich zu erzählen anfange. Nicht der Preis überzeugt sie, kein Hinweis auf Alter und Qualität der Ware. Es ist die Geschichte, die den Ausschlag gibt, die Geschichte, die aus der Brockenstube hinaus- und in eine andere, bessere Zeit hineinführt. Die dem Trödel etwas verleiht, das über Gebrauchsspuren hinwegtäuscht: Bedeutung.

Nicht selten verabschieden sich die Waschzuberkäufer und die Tischkäufer mit Handschlag.

Vielen Dank, Frau Köhler, auf Wiedersehen.

Bis zum nächsten Mal, Frau Köhler.

Und so frage ich mich, ob ich es bin, die Geschichten erschafft, oder ob umgekehrt die Geschichten mich erschaffen. Mirco lacht, wenn ich ihm von diesen Gedanken erzähle. Blödsinn sei das. Geschichten könnten im besten Fall unterhalten, das Geschäft ankurbeln, die Zeit vertreiben, mehr aber auch nicht.

Das beruhigt mich. Eine Weile zumindest, bis die Zweifel zurückkommen wie ein Juckreiz zwischen den Schulterblättern, wo man sich selbst keine Linderung zu verschaffen vermag.

EMMA 1943, AMSTERDAM

Ansichtskarte, Foto und der schmale, goldene Ring. Emma de Vries zog ihre Hand aus der Tasche, die in das Innenfutter ihres Filzmantels genäht war, und liess sich zurück in den Sitz fallen. Das Schaukeln des Zugabteils und das Rattern über Schienen und Holzschwellen hatten sie eingelullt und schläfrig gemacht. Sie hatte geträumt, dass Cees bei ihr gewesen war. Er hatte sich auf den Sitz neben sie gesetzt und den Arm um sie gelegt. Emma hatte sich an ihn geschmiegt und sich gewünscht, er würde ihr eine Geschichte erzählen, so wie er es immer getan hatte, wenn sie sich fürchtete.

Seit dem Überfall der Deutschen im Mai 1940 hatten Kampfstiefel Emmas Schlaf zertrampelt. Deutsche Kampfstiefel unterschieden sich von den Kampfstiefeln der eigenen Soldaten dadurch, dass sie nach zweiundzwanzig Uhr noch zu hören waren. Die Sperrstunde galt nicht für die Besatzer. Und während sie dalag und auf das Anschwellen und Abklingen des Stiefelstakkatos lauschte, auf das Heulen der Sirenen, begann Cees zu erzählen. Von seiner Kindheit, die er mit der grossen Schwester Lieke im von Efeu überwachsenen Pfarrhaus von Enkhuizen verbracht hatte. Von seiner Stummente Snarl, die ihm bis ins Schulzimmer gefolgt war und sich während des Unterrichts unter sein Pult gelegt hatte, den Schnabel ins Gefieder gesteckt, die Augen im nacktroten Gesicht geschlossen. Snarl, die eines Nachts der Fuchs geholt hatte und deren verbliebene Federn Cees eingesammelt und von Blut gereinigt hatte. Wie er sich damit über die geschlossenen Augen, Wangen und Unterarme gestreichelt und sich dabei vorgestellt hatte, ein Engel streife ihn mit den Flügeln. Mutter vielleicht oder Vater, die beide bei einem Strassenbahnunglück ums Leben gekommen waren. Schnee und Eis hatten den Wagon entgleisen lassen, da war Cees dreizehn Jahre alt gewesen. Danach hatte sich Lieke um ihn gekümmert. Sie hatte für ihn gekocht und seine Kleider gewaschen. Und wenn er nachts weinend im Bett lag, hatte sie sich zu ihm gesetzt und gesungen. «Daar wordt aan de deur geklopt – da wird an der Tür geklopft». Ein Lied, das Kinder im Dezember sangen, wenn Sinterklaas von Haus zu Haus zog und die vor den Kamin gestellten Stiefel mit Süssigkeiten füllte. Sommer wie Winter sang Lieke dieses Lied für ihren kleinen Bruder.

So eine Geschichte hätte sich Emma gewünscht. Doch Traum-Cees hatte geschwiegen. In der Hoffnung, sie könne wenigstens seinen Herzschlag hören, hatte Emma ihr Ohr auf seine Brust gedrückt. Aber ausser dem atemlosen Ra-ta-tam des Zuges hatte sie nichts gehört.

Cees' Herz hatte immer eine Spur zu schnell geschlagen. Auch wenn er im Bett gelegen und geschlafen hatte, hatte es geklungen, als wäre er gerade eben die Sternstraat hinab von der Bäckerei bis nach Hause gerannt. Wenn niemand in der Nähe war, nannte Emma ihren Mann Hasenherz. Cees mochte diesen Kosenamen nicht. Hasenherz. Das klinge nach jemandem, der bei der kleinsten Gefahr hakenschlagend das Weite sucht. Der sich lieber in eine Grube duckt, anstatt sich zur Wehr zu setzen. Emma winkte ab. Sie wusste, dass Cees kein Feigling war. Er war besonnen, das ja. Er suchte keinen Ärger, aber er scheute ihn auch nicht, wenn er das Gefühl hatte, dass jemandem Unrecht getan wurde. Seit Beginn der Razzien und der im Flüsterton gehörten Radiomeldungen über Gaskammern in Grossdeutschland hatte Cees in seiner Bäckerei Juden versteckt. Immer nur ein, zwei Tage lang. Für längere Aufenthalte eignete sich das Gebäude in der Amsterdamer Innenstadt nicht, das lediglich aus einer Backstube, einem Verkaufsraum und einem winzigen Lager bestand. Das Klo stand im Hinterhof. Ein mit Flechten übersätes Backsteinhäuschen mit verzogener Holztür, die jedes Mal ächzte, wenn man sie aufmachte. Die Gefahr war zu gross, beim Toilettengang von Nachbarn entdeckt zu werden. Hinter den gerafften Vorhängen wohnte gleichermassen Freund und Feind.

Cees schimpfte Hitler einen «klootzak» und weigerte sich, deutsche Soldaten zu bedienen. Auch Emma mochte die Moffen nicht, wie sie die Deutschen hinter vorgehaltener Hand nannten. Doch es war niemandem geholfen, wenn die ihnen das Schaufenster der Bäckerei einschlugen. Darum blieb Emma freundlich. Dass die Soldaten von ihr angetan waren, half ebenfalls. Von ihrer Taille und den Waden, die unter ihrer gestärkten Schürze hervorlugten, von ihrem Bauch, der flach war wie ein Backblech. Sie hatte Haare wie Schwarzbrot, fest und dunkel, und den schläfrigen Blick der Marlene Dietrich. Ab und an brachte einer der Soldaten etwas mit, das auf dem Markt kaum mehr zu kriegen war: echten Kaffee, nicht das Surrogat, oder eine Zigarette. Dann bedankte Emma sich mit einem Augenaufschlag und steckte ihm im Gegenzug einen extra Krentenbollen in die Papiertüte.

Manchmal hatten sie Kinder hinten in der Backstube versteckt. Dann begann Cees zu singen, wenn die Glocke über der Ladentür bimmelte. Kindergetuschel, das Poltern schwerer Soldatenstiefel, alles ging unter im Refrain von «Daar wordt aan de deur geklopt». Dass er die hohen Töne nicht traf, war egal. Die Moffen nannten ihn den singenden Bäcker.

Nein, Cees war kein Feigling. Er hatte das Herz eines Löwen. Nur schlug es dafür zu schnell.

Hatte zu schnell geschlagen.

Cees war tot.

Dieser Deutsche hatte ihn erschossen. Vor elf Wochen und fünf Tagen.

Überall war Blut gewesen. Blut auf seinem Bäckerschurz, Blut auf dem Boden, Blut auf den von den Hiesigen verab-

scheuten dunklen Broten, die man nur auf Geheiss der Besatzer buk. Cees am Boden.
Emma hatte seine Hand gehalten. Die Hand mit dem schmalen goldenen Ring.
Den Ring hatte sie am nächsten Tag im Leichenschauhaus von einer geschäftigen Dame mit Hornbrille überreicht bekommen, zusammen mit Cees' Schuhen. Auf die Kleider, die voller eingetrocknetem Blut waren, hatte Emma verzichtet.
Wie er so dagelegen hatte in seinem Holzsarg, die Haut von der Farbe eines Milchbrots, war es ihr vorgekommen, als sei er schrecklich erschöpft. Als sei der Weg in den Tod lang und beschwerlich gewesen und nicht bloss ein Knall, ein Staunen im Blick und ein Aufprall auf dem mehlbestäubten Boden. Es hatte kaum länger gedauert als ein Blinzeln, an dessen Ende Cees' Augen geschlossen geblieben waren.

«Bitte sag was», hatte Traum-Emma gebettelt und an Cees' Pullunder gezogen. Der Zug hatte sich in einer Kurve geneigt. Die Zeitung, die eingespannt im hölzernen Halter an der Gepäckablage hing, hatte vor ihrem Gesicht hin und her gebaumelt, als würde sie eine Frage verneinen, die Emma gar nicht gestellt hatte. Dann war Traum-Cees aufgestanden, hatte sie auf den Scheitel geküsst und war durch die Schiebetür des Zugabteils verschwunden. Sie hatte ihm hinterherrufen, ihn aufhalten wollen, aber es war kein Laut aus ihrer Kehle gekommen und ihr Hintern hatte am Polster geklebt wie Brotteig in einem schlecht bemehlten Gärkorb.

Dann war Emma aufgewacht. Ihr gegenüber sass eine ältere Dame und musterte sie über den Rand ihres Buchs hinweg mit strengem Blick. Emma wandte sich ab und schaute aus dem Fenster. Äcker und Wiesen zogen vorbei, nackte Sträucher und Bäume, vereinzelt Häuser und Ställe mit eingefallenen Ziegeldächern, wie in besseren Zeiten hingeworfen und irgendwann vergessen. Alles schien mit Mehlstaub überzogen. In wenigen Tagen war Weihnachten.

Cees' Schwester Lieke hatte Emma angeboten, die Feiertage gemeinsam zu verbringen. Doch Emma wusste, dass Lieke kaum genug für sich und die Kinder hatte.
Nicht genug Geld.
Nicht genug Kraft.
Bahnhofsgebäude zogen vorbei, ohne Rauchwolken über den Schornsteinen, als hielten sie den ganzen Winter durch den Atem an. An Bahnübergängen verharrten Schranken im lautlosen Gruss an den Führer. Krähen flogen auf, erhoben sich träge in den bleiernen Himmel. Ansonsten schien die Welt leblos, eingefroren wie das Bild auf der Leinwand, wenn der Film riss.

Cees und Emma hatten sich im Kino kennengelernt. Emma war an einem Sonntagnachmittag im September 1941 mit einer Freundin im Amsterdamer Ufa-Kino am Rembrandtplein gewesen, mit den samtroten Sitzen und dem abgebröckelten Stuck an der Decke. Es lief «Hauptsache glücklich» mit Heinz Rühmann. Ein alberner Film. Gerade als die beiden Hauptdarsteller erfuhren, dass die von ihnen erst geliehene und dann verlorene Brosche ein Vermögen wert war, gefror das Bild auf der Leinwand und im Saal gingen die Lichter an.
«Wussten Sie, dass der Film jedes Mal, wenn er reisst, durch das Kleben ein Stück kürzer wird?»
Der Mann, der Emma angesprochen hatte, sass zu ihrer Linken. Er war so gross, dass sie Mitleid hatte mit der Person, die das Pech hatte, den Platz hinter ihm erwischt zu haben. Seine Haare waren blond und millimeterkurz geschnitten, die Augen blau. Die Schneidezähne standen schief und wenn er schluckte, hüpfte sein Adamsapfel auf und ab. Die Schuhe, die kaum Platz fanden zwischen den Sitzreihen, waren zerkratzt und an zwei Stellen blitzten die Socken durchs aufgeplatzte Leder.
«Und wie oft muss dieser Film noch reissen, bis er endlich verschwunden ist?», fragte Emma.

Der Fremde lachte und streckte ihr die Hand hin.
«Mein Name ist Cees.»
Elf Monate später hatten sie geheiratet.

Das Licht vor dem Zugfenster schien nicht zu wissen, ob es Nacht oder Tag werden wollte. Die Glühbirnen im Abteil verströmten ein müdes Gelb. Emma zog den Ring aus ihrer Manteltasche. Sie probierte ihn an all ihren Fingern an. Das Gold war kühl und abweisend, wie es auch Cees gewesen war, als sie im Krematorium an der Pienemanstraat von ihm Abschied genommen hatte. Sie konnte die Gravur auf der Innenseite des Rings lesen, ohne ihn vom Zeigfinger abstreifen zu müssen. «Voor altijd» stand darin. «Für immer». Und das Datum ihrer Hochzeit. Natürlich hatte Emma gewusst, dass «Für immer» nur eine Metapher für eine sehr lange Zeitdauer war. Fünfzig Jahre. Vielleicht mehr. Aber dreizehn Monate, das wusste Emma bestimmt, war weit entfernt von einer Ewigkeit. Sie fühlte sich betrogen. Von Gott. Nicht dass Emma an ihn glaubte, aber für einen Irrtum in dieser Grössenordnung konnte niemand anderes verantwortlich sein.
Sie griff noch mal in die Manteltasche und fischte Fotografie und Ansichtskarte heraus. Das Foto zeigte Cees und war kurz nach ihrer Hochzeit entstanden, als sie mit den Fahrrädern zur Karger Seenplatte gefahren waren. Er hatte die Unterarme auf den Lenker gestützt, im Mundwinkel ein Grashalm. Das Haar etwas länger als bei ihrem ersten Treffen, vom Fahrtwind zerzaust. Ein hungriger Blick, direkt ins Objektiv der Kamera gerichtet.
Hunger auf das Leben.
Cees war nicht satt geworden.
Er fehlte ihr.
Die Umrisse der Leerstelle, die er in Emma hinterliess, wurden mit jedem Meter und jeder Minute, die sie sich von ihm entfernte, deutlicher sichtbar.
Distanz schaffte Klarheit.

Heilung verschaffte sie nicht.
Der Schmerz in ihrer Brust wurde grösser und grösser, ging auf wie ein Hefeteig, trotz der winterlichen Temperaturen.

Emma hatte Cees einäschern lassen. Bei der Beerdigung hatte es geregnet wie aus Kübeln. Sie hatte mit Lieke am Grab gestanden, beide hatten sie sich an ihre Schirme geklammert wie zwei Ertrinkende. Nur mit einem Koffer war Emma danach zu Lieke und den drei Buben gezogen. Der Jüngste konnte noch nicht einmal laufen. Liekes Mann, ein jüdischer Kaufmann, war schon Monate zuvor in die Schweiz geflohen. Noch immer wartete Lieke auf eine Nachricht von ihm. Täglich stand sie am Fenster, gab vor, die Gardinen zu richten, den Nippes auf dem Fensterbrett neu zu arrangieren. Jeden Tag ging der Briefträger an Liekes Haus vorbei, unbeeindruckt vom regelmässigen Faltenwurf des Wohnzimmervorhangs oder der exakten Ausrichtung der Häkeldeckchen.
In die Bäckerei hatte Emma nie mehr einen Fuss gesetzt. Den Ladenschlüssel hatte sie Lieke am Tag ihres Einzugs überreicht und sich dann auf den Sessel im Wohnzimmer gesetzt. Sie wusste, dass sie ihre ganze Kraft darauf verwenden musste, nicht auseinanderzubrechen. Sie spürte die Risse, die sich unter der Haut über den Körper zogen, sich kreuzten über der Brust. Die Bruchkanten scheuerten an ihrem Fleisch und machten es wund. Jede Berührung, jede Umarmung vergrösserte ihren Schmerz. Sie sprach nur, wenn man sie etwas fragte, und weinte nur, wenn niemand in der Nähe war.
Ab und zu spielte sie mit den Buben, aber eigentlich konnte sie schon ihren Anblick kaum ertragen. Mit ihren hellblonden kurzen Haaren und den blauen Augen sahen sie aus wie Cees. Ruben, der älteste, hatte sogar die schiefe Zahnstellung seines Onkels. Auch sie hatten Kinder gewollt. Emma zwei, Cees drei. Sobald der Krieg vorbei war, so war der Plan gewesen, würden sie ihre Koffer packen und nach Frank-

reich fahren. Emma wollte nach Paris, zur Spitze des Eiffelturms hochsteigen und den Louvre besuchen, unter Markisen Milchkaffee trinken und den Tauben zusehen, die von der Schönheit der Stadt unbeeindruckt nach Krumen von Croissants pickten. Cees wollte in die Bretagne, im Wind an Felskanten und steinigen Stränden entlangwandern, Weissbrot in Muschelsud tunken und den Schiffen zusehen, wie sie schrumpften und in die Naht schlüpften, die Himmel und Erde am äussersten Ende der Welt zusammenhielt.
Italien hatte schon kapituliert, Mussolini war in Gefangenschaft. Bald würden sie losziehen, Emma und Cees.
«Voor altijd» war eine lange Zeit, da liess sich eine ordentliche Reise machen. Und danach eben Kinder. Zwei oder drei. Das war der Plan gewesen, wie gesagt. Aber Gott hatte anders entschieden.
Dieser Gott, der anstelle eines Herzens einen harten Laib Brot in der Brust hatte.

Emma glättete den wollenen Rock und kniff die Augen zusammen. Nicht weinen. Die Dame warf ihr über den Rand des Buchs hinweg noch immer strenge Blicke zu.
Und jetzt die Ansichtskarte. Blühende Kirschbäume, weiter hinten ein Kirchturm. Keine Berge. Emma hatte immer geglaubt, dass die Schweiz aus Bergen bestehe. Und aus Tälern zwischen den Bergen.
Beatrix Meyer, die Absenderin, war Emmas Patentante. Sie und ihre Mutter waren zusammen zur Schule gegangen. Beatrix hatte mit Anfang zwanzig einen Schweizer Geschichtsprofessor namens Walter Meyer geheiratet und war ihm in die Schweiz gefolgt. Emma hatte ihre Patentante danach nur noch einmal gesehen, an der Beerdigung ihrer Mutter. Da war Deutschland gerade in Polen einmarschiert.
Nach Cees' Tod hatte Emma Beatrix einen Brief geschrieben. Die Antwort hatte der Briefträger vor wenigen Tagen in Liekes Briefschlitz in der Haustür geschoben. Lieke hatte geweint.

Vor Freude, dass Emma ein Weg nach draussen offenstand. Vor Enttäuschung, dass die Ansichtskarte nicht den Namen ihres Mannes als Absender trug.
Emma drehte die Karte um.
Liebe Emma, stand da in einer schmalen Handschrift. *Walter und ich freuen uns auf Dich. Warte nicht länger, mach Dich unverzüglich auf die Reise. Telegrafiere Datum und Uhrzeit Deiner Ankunft, wir holen Dich am Badischen Bahnhof ab. Sei unbesorgt, Cees' Tod bleibt nicht ungesühnt. Gott wird über diesen Wede richten.*

TERESA 2022, AMSTERDAM

Mirco und ich sind nach Amsterdam gereist, um Emmas Wohnung aufzulösen.
Eine Wohnung auflösen.
Wie kann man so etwas nur sagen?
Weder der Holztisch in der Küche noch die Sitzbank mit den geblümten Sitzkisten lösen sich einfach so auf. Nicht die Bilder an der Wand oder das Besteck in den Schubladen.
Es ist eher ein Abtragen, was wir hier machen. Stück für Stück und mühevoll.
Eine Wohnung abtragen. So muss es heissen.
Ich schaue mich um.
Wenn ich bis zum Abend das Wohnzimmer ausgeräumt haben will, muss ich mich sputen. Spätestens am Dienstag erwartet man mich zurück in der Schweiz und in Karrers Brockenstube.
Das brackige Wasser im Kanal vor dem Haus wirft flatternde Lichtflecken an die Decke. Von draussen her dringen Stimmen und das Brummen eines Schiffsmotors herein. Ein Partyboot, das Touristen durch die Innenstadt schaukelt. Getränke-Flatrate inklusive. Der Reling entlang die johlenden Touristen, die bald doppelt so viele Brücken zählen, als Amsterdam tatsächlich hat.
Ich lege mich im Wohnzimmer auf den Boden.
Schweigend.
Atmend.
Meine Rippen falten sich auf. Die Bauchdecke bläht sich.
Bläht sich so weit, dass der Bauch aussieht, als wüchse ein Kind darin.
Atmend.
Schweigend.

Stille, hat Mirco mir beigebracht, sei wie ein Zelt, das ich im Alltag über mich spannen und unter dem ich Ruhe, Frieden und vor allem mich selbst finden könne. Wenn ich Mirco beim Meditieren zusehe, wie er mit gelösten Gesichtszügen, die Beine zu einer Bretzel verknotet, auf dem Meditationskissen sitzt, dann glaube ich ihm seine Worte sogar. Mein eigenes Zelt der Stille allerdings ist löchrig und kann mich nicht beschützen vor den Geräuschen der Welt.
Möwen kreischen.
Kinder kreischen.
Ich versuche den Lärmteppich zu entflechten, die Klangfäden mit Bildern zu verknoten. Die Bilder mit Geschichten. Eine Fahrradklingel, ein Rollkoffer, der über Pflasterstein holpert. Wohin ist das Fahrrad unterwegs? Zum Wochenmarkt? Zum Bestatter? Liegt im Rollkoffer saubere oder schmutzige Wäsche?
Menschen sind getrieben, allem, was geschehen ist, eine Folgerichtigkeit zu verleihen.
Ich bin davon getrieben.
Ich will immer verstehen.
Erzählen ist Verstehenwollen. Ursachenforschung. Punkte setzen, wo vorher Fragezeichen standen. Punkte wie Einschusslöcher. Wer treffen will, muss Fährten lesen können. Das hat mir Grossvater Georg beigebracht. Der Metzgermeister im Dorf mit den alten Eichen. Der ist zeit seines Lebens auf die Jagd gegangen. Rehe. Wildschweine. Blässhühner. Am liebsten aber schoss er Hasen. Hasen sind am schwierigsten zu kriegen. Das reizte ihn. Darum geht es ja schliesslich. Um das Jagen. Um das In-die-Haut-des-Tieres-Schlüpfen. Das Adrenalin spüren. Das eigene. Und dasjenige der Beute. Ihre Spuren lesen und daraus ihre weiteren Schritte ableiten.
Holzbohlen knarren. Mirco steht im Türrahmen von Emmas Wohnzimmer.
«Nennst du das ausräumen?»

Ich richte mich auf.
«Ich habe meditiert.»
Wenn Mirco lächelt, stülpt er die Oberlippe über die Schneidezähne. Als Jugendlicher hat er wegen eines Überbisses eine Zahnspange tragen müssen, eine mit Brackets und silbernen Drähten. Damals gewöhnte er sich an, beim Lächeln die Zähne versteckt zu halten.
Die Fussgelenke knacken, als er sich hinkniet und nach meinen Händen greift. Sein Blick geht über meinen Kopf hinweg zum Wohnzimmerfenster. Mircos Augen haben die Farbe von Bernstein, der äusserste Rand der Iris ist graublau. So muss die Erde aussehen, wenn man sie in der Mitte durchsägt. Aussenrum das Meer, darunter eine breite Schicht warmgoldenes Gestein und ganz zuinnerst der dichte, runde Kern.
Ich folge seinem Blick. Eine Birke wiegt sich im Wind. Dahinter ragen Dachgiebel aus Backstein in einen vagen Himmel. Ab und an zerschneiden Möwen das Fenstviereck.
«Du bist nie zuvor hier gewesen?», frage ich.
Er schüttelt den Kopf.
Nach dem Tod seiner Mutter sei er zu seiner Grossmutter Emma gezogen, die damals noch in der Schweiz gewohnt habe. Da sei er sechzehn gewesen. Sie hätten allein gehaust, Emmas zweiter Mann Bruno sei schon in den Achtzigerjahren an Krebs gestorben. Als er selbst nach drei Jahren ausgezogen sei, um in der Stadt ein Wirtschaftsstudium anzutreten, das er nie abgeschlossen habe, habe Emma ihre Zelte in Kleedorf abgebrochen und sei in ihre Heimat zurückgekehrt. Sie habe in Amsterdam, unweit des Zentrums und von Touristenströmen noch weitgehend unbehelligt, eine Wohnung gekauft. Einmal jährlich sei sie mit ihrem Ford Focus von den Niederlanden in die Schweiz gefahren, habe das Grab ihrer Tochter Muriel frisch anpflanzen lassen und das Grab ihres Mannes auch, und dann habe sie ihn, ihren einzigen Enkel, und ein paar der immer spärlicher

werdenden Freunde und Bekannten besucht. In den letzten Jahren sei ihr die Reise allerdings zu anstrengend gewesen, der Rücken und vielmehr noch die Augen hätten nicht mehr mitgemacht.
Emma ist achtundneunzig Jahre alt geworden. Sie hat einen Weltkrieg und zwei Ehemänner überlebt. Ich habe sie nie kennengelernt.
«Komm, ich muss dir was zeigen.»
Mirco zieht mich hinter sich her in Emmas Schlafzimmer. Auf dem Bett liegen Röcke, Blusen, Bundfaltenhosen, daneben Strümpfe und Unterwäsche. Der Gebrauchtwarenladen liegt zwei Strassen weiter in einer ehemaligen Schmiede. Alles, was noch getragen werden kann, bringen wir dorthin. Der Rest wandert in den Hausmüll.
Mirco deutet in die Ecke zwischen Kleiderschrank und Wand. Dort steht, hochkant aufgestellt, eine Wiege. Die Vorrichtung aus Draht, an der einst ein Stoffhimmel hing, ragt nackt in die Höhe. Das Bettchen ist schmucklos, das Holz fleckig.
«Da hat schon meine Mutter drin gelegen und dann ich», sagt er. «Die nehmen wir mit. Für unsere ...»
Er beendet den Satz nicht, zieht mich an sich, küsst mich auf die Stirn und sucht mit seinen Lippen meinen Mund. Ich spüre, wohin das führen soll, und winde mich aus der Umarmung.
Mirco lässt sich auf Emmas Bett fallen. Ein Kleiderstapel kippt, Unterhosen gleiten hinunter aufs Parkett. Sie sind grau, vermutlich waren sie mal weiss. Ein Schlüpfer ist mit einer zierlichen rosa Schleife versehen.
Ich weiss nicht viel über Emma.
Mirco hat mir erzählt, dass sie jung geheiratet hat. Hier in Amsterdam. Das Glück habe nicht lange gewährt, der Krieg habe sie zur Witwe gemacht. Danach sei sie, noch keine zwanzig, zu ihrer Patentante in die Schweiz geflohen. Dort habe sie Bruno kennengelernt, ihren zweiten Mann, und habe eine Tochter – Mircos Mutter – zur Welt gebracht. Bruno

war Hufschmied. Emma habe zu sagen gepflegt, dass sie von ihrem Mann mit Sicherheit mehr Aufmerksamkeit bekommen hätte, wenn sie ein Rossgebiss oder den Hintern einer Haflingerstute gehabt hätte.

Wenn Emma wütend gewesen sei, habe sie Teppiche geklopft. Wenn sie traurig gewesen sei, habe sie ebenfalls Teppiche geklopft. Im Haus seiner Grosseltern, sagt Mirco, hätten die saubersten Teppiche im Dorf gelegen.

Er habe seine Grossmutter nie weinen gesehen, auch nicht bei der Beerdigung seiner Mutter. Als er mit knapp zwanzig in den Clubs statt im Hörsaal hing und sein Stipendium für Ecstasy aus dem Fenster warf, sei sie für einige Wochen in die Schweiz zurückgekehrt und habe ihn ungeachtet seines Protests in sein Zimmer eingesperrt, bis er wieder clean gewesen sei. Niemals habe sie es zugelassen, dass er sie Grossmutter nannte. Mirco musste sie stets beim Vornamen rufen.

Und jetzt diese rosa Schleife, die mit einer glitzernden Paillette am Bund der Unterhose festgenäht ist. Die passt gar nicht zum Bild, das ich mir von Emma gemacht habe.

Kann man einem Menschen mit den Geschichten, die man sich über ihn erzählt, überhaupt gerecht werden? Oder anders gefragt: Wie viele Geschichten muss man gehört haben, bevor man behaupten kann, jemanden zu kennen?

Mirco sammelt die auf dem Bett verstreuten Kleider ein.

Ich streiche ihm übers Knie und kehre zurück ins Wohnzimmer. Emmas Bücher sind bereits in Kisten verpackt. Der Röhrenfernseher ist im Elektroschrott gelandet, den Couchtisch und das klobige Sofa haben wir nach einer waghalsigen Zügelaktion die steile Treppe hinunter der Wohngemeinschaft im Erdgeschoss verschenkt. Seither huschen Staubflusen über den Boden wie verschreckte Tiere, denen man den Unterschlupf geraubt hat. In einer Bananenschachtel mitten im Raum stehen Kerzenständer aus Messing, Bilderrahmen, Dekopferde mit Bäuchen aus geschliffenem Glas

und zierliche Blumenvasen, in denen Trockenblumen gesteckt haben. Verteilt im Wohnzimmer haben all diese Dinge auf ihre altbackene Weise geschmackvoll gewirkt. Herausgerissen aus der Ordnung, die Emma ihnen verliehen hat, wirken sie beliebig und billig.
Mein Blick irrt unentschlossen zwischen dem ausladenden Buffet aus dunklem Holz, in dem Emma goldgerändertes Geschirr und uralte Spirituosen aufbewahrt hat, und dem Sekretär hin und her. Ich entscheide mich für den Sekretär. Biedermeier. Das Spiegelmosaik, das darüber hängt, reisst mein Gesicht auseinander und wirft es zerbrochen zurück.
Das Innere des Sekretärs ist erstaunlich leer. Auf der Schreibfläche ein Briefbeschwerer in der Form eines Reithelms und ein Brieföffner. Daneben eine Holzschatulle, schwarz lackiert und filigran mit Blumen und Ranken bemalt, innen ausgeschlagen mit dunkelrotem Stoff, aber ohne Inhalt. In den Schubladen und Fächern des Schreibtischs unbeschriebene Geburtstags- und Trauerkarten, Paketkleber, Geschenkbänder und Briefumschläge in diversen Grössen. Die einzigen persönlichen Dokumente, die ich finde, sind Emmas Impfausweis und ihr Familienbüchlein, zwischen die Seiten geklemmt ein Bild eines Schneehasen, herausgetrennt aus einer Zeitschrift. Keine Briefe, keine Rechnungen oder sonstigen Papiere, die eine Geschichte erzählen können.
Ich blättere durch das Familienbüchlein.
Geboren ist Emma am 17.2.1924 in Mijdrecht, NL. Am 21.8.1942 Eheschliessung mit Cees de Vries, geboren am 30.6.1921 in Utrecht, NL. Tod des Ehemanns am 23.9.1943. Vier Jahre später Eheschliessung mit Bruno Köhler in Sissach, CH. Geburt der Tochter Muriel am 4.7.1955, Tod derselben am 23.11.1992 (Autounfall).
Geburtsdaten, Heirats- und Sterbedaten. An diesen Tagen hat Emmas Lebensweg begonnen, Höhepunkte erreicht und ungeahnte Wendungen genommen. Das damit verbundene Glück und Unglück, das sie empfunden haben muss,

kann ich nur erahnen. Ganz zu schweigen davon, wie es ihr in den Leerstellen ergangen ist, die zwischen diesen Daten liegen. Dort, wo der Grossteil des Lebens stattfindet.
Das Briefpapier und die Kuverts werfe ich auf den Stapel mit dem Altpapier, das Bild mit dem Schneehasen auch, Briefbeschwerer und Brieföffner landen in der Entsorg-Kiste. Das Holzkästchen wiege ich unschlüssig in der Hand. Ich kann die Struktur der Malereien fühlen, wenn ich mit den Fingern darüberstreiche, so dick ist die Farbe auf das Holz aufgetragen. Es ist nicht viel grösser als meine Hand und im Innern hat es erstaunlich wenig Platz. Ich will gerade den Deckel zurück auf das Kästchen legen, da hakt sich der letzte Gedanke in meinem Hirn ein, zieht und zerrt und will nicht loslassen wie ein Fisch an der Angel. Wieso ist der Innenraum halb so tief, wie das Kästchen hoch ist? Ich lege den Holzdeckel beiseite und fasse hinein. Der Stoff ist angenehm kühl. Ich schiebe Fingernägel in den Schlitz zwischen Boden und Wand des Kästchens. Nach einigen Anläufen gelingt es mir, der Boden lässt sich hochheben. Darunter liegen eine Ansichtskarte, eine Fotografie und ein schmaler goldener Ring.

MIRCO 2022, AMSTERDAM

Flaschen klirren. Geschirr. Eine verzogene Schublade ächzt. Teresa fuhrwerkt im Wohnzimmer. Sie räumt das Buffet aus. Mirco Köhler sitzt in Emmas Schlafzimmer. Neben ihm Kleidertürme. Er sieht sie vor sich, seine Frau, wie sie durchs Wohnzimmer tigert. Die Augenbrauen hochgezogen. Zwei Bögen, die sich beinahe berühren über dem Nasenbein. Die Brauen haben die Form der Vögel, die er als Kind unter einem immer hellblauen und fingerbreiten Farbstifthimmel gezeichnet hat.
Darunter ein Haus mit rauchendem Kamin und eine Familie. Vater, Mutter, Kind.
Teresa ist aufgewühlt, das kann er hören. Ihre Schritte auf dem Parkett sind lauter als gewohnt. Porzellan zittert, wenn sie an das dunkle Holz stösst.
Mirco überlegt, ob er zu ihr gehen soll. Spirituosen in den Abfluss schütten. Altglas in eine Tasche räumen. Das Sonntagsgeschirr mit Goldrand in einen Karton stapeln. Doch dann wird sie wieder damit anfangen. Mit dieser absurden Geschichte. Zufall, Zufall, nichts als Zufall. Jägerlatein. Darauf hat er keine Lust. Also bleibt er hier in Emmas Schlafzimmer.

Gerade hat sie noch vor ihm gestanden, Teresa. Eine vergilbte Ansichtskarte hat sie ihm entgegengestreckt. Auf der Vorderseite blühende Kirschbäume. Die Schrift kannte Mirco nicht. Verschnörkelte Buchstaben, die Tinte verblasst. Die Karte musste irgendwann nass geworden sein, an manchen Stellen hatten sich die Wörter bis zur Unleserlichkeit aufgelöst. Unterschrift: «Beatrix». Mirco erinnerte sich, dass Emmas Patentante so geheissen hat.

Ein paar Mal hatte Emma ihn zu einem Besuch mitgenommen, im Dorf mit den alten Eichen, da war er noch ein

Kind und Beatrix schon uralt gewesen. Das Gesicht und die Hände übersät mit Runzeln und braunen Flecken wie ein zu lang gelagerter Apfel. Das Haus dunkel und bis unter die Decke vollgestopft mit Büchern. An den Wänden gruselige Stiche, darauf Männer mit Lanzen, verendende Pferde, zerfetzte Fahnen.
Während die Grossmutter und Beatrix zusammen schnäderten - seine Grossmutter liebte dieses Wort -, sass Mirco auf dem Sofa. Neben ihm putzte sich eine Perserkatze, sah ihm aus gelben Augen zu, wie er den trockenen Marmorkuchen hinunterwürgte, erst das erste und dann auch das zweite Stück, das ihm Beatrix aufnötigte. Beatrix' Mann war schon lange tot. Ein blasses Foto von ihm stand goldgerahmt auf dem Fenstersims. Wenn die Sonne eine so raue Zunge hatte wie die Perserkatze, würde es nicht mehr lange dauern, bis sie den Goldrahmen leer geleckt hatte und der dicke Mann mit Schnurrbart verschwunden war.
Auf dem Sofatisch ein Globus mit hölzernem Fuss, das Meer braungelb, über das rot gefärbte Kontinente wucherten. Die Erde in Beatrix' Haus sah krank aus. Im Flur und im Wohnzimmer hing ein Geruch, der Mirco an die Regentonne hinterm Haus seiner Grosseltern erinnerte, in die er all die Dinge versenkte, für die er sich schämte.
Die Sonnenbrille mit den pinkfarbenen Bügeln, für die er auf dem Pausenhof eine Tracht Prügel kassiert hatte.
Das Holzkänguru, das er im Kindergarten aus der Spielecke gestohlen hatte.
Das Hufeisen, das er in der Hand gehalten hatte, als er ohne anzuklopfen in die Werkstatt des Grossvaters gestürmt war und gesehen hatte, was er nicht hätte sehen sollen.

In der Aufregung war Teresa der Dutt verrutscht. Sie zog Mirco die Ansichtskarte mit den Kirschbäumen aus den Händen und erklärte ihm, was er bereits wusste.
Seine Grossmutter hatte jung geheiratet.
In Amsterdam.

Ihr erster Mann war 1943 von einem deutschen Soldaten erschossen worden.
Von ihm wusste Mirco nur, dass er Cees geheissen hatte und Bäcker gewesen war. Emma hatte nicht gern über ihre Vergangenheit gesprochen. «Was war, das war», hatte sie gesagt. Dieser deutsche Soldat, sagte Teresa, habe Wede geheissen. So stehe es auf der Ansichtskarte. Genau wie ihr eigener Grossvater. Wedekind. Rufname Wede.
Na so was. Schau an. Was für ein Zufall. Man müsste jemanden befragen können. Jemanden, der Bescheid weiss. Die Grossmütter und Grossväter zum Beispiel. Nur dass die nicht mehr da waren.
Als Mirco und Teresa sich vor fünf Jahren kennengelernt hatten, waren ihre Grosseltern fast alle schon tot gewesen. Nur Emma war noch am Leben gewesen, und Louise, Teresas Grossmutter mütterlicherseits. Jetzt war nur noch Louise übrig. Sie war dement und lebte im Pflegeheim. Teresa nahm Mirco bei ihren seltenen Besuchen nie mit, weil die alte Dame sich sehr aufregen konnte, wenn Unerwartetes ihre Routine durchbrach. Und weil sie ein schwaches Herz hatte, versuchte man, ihr Aufregungen zu ersparen. Louise war schon lange Witwe. Ihr Ehemann Georg war Metzgermeister gewesen.
Von Teresas Familie väterlicherseits wusste Mirco kaum etwas. Sogar seinen Schwiegervater Frank hatte er nur einmal gesehen. Franks Eltern waren schon lange tot. Sie lagen irgendwo im Schwarzwald begraben, in einem Dorf, das Mirco nur aus Teresas Erzählungen kannte. Fachwerkhäuser und Gartenzwerge. In jedem Garten ein gut gefülltes Vogelhaus, aber für Fremde sei nie ein Zimmer frei. Rings ums Dorf steckten Betonpfosten in der Erde. Dazwischen seien Drähte gespannt, an denen sich Weinreben emporranken. Im Winter sähen die Hügel aus wie schlafende Igel.
Auf dem Grabstein der Grosseltern stehe «Wedekind und Maria Hodapp. Gott sei ihrer Seelen gnädig». Und dann die

Jahreszahlen. Der Grossvater habe die Grossmutter um zwei Jahre überlebt.

Wede. Zwei Männer, ein Name. Daran war nichts ungewöhnlich. Reiner Zufall. Mirco war sich sicher. Aber Teresa zweifelte am Zufall. Wedekind war ein seltener Name. Und ihr Grossvater war im Krieg gewesen. Sie wusste zwar nicht, wo, darüber wurde in ihrer Familie nie gesprochen. Aber es könnte Amsterdam gewesen sein.

Mirco schaute sich im Schlafzimmer seiner Grossmutter um. Kleidertürme, Bettlaken, Wolldecke, Daunendecke, Kissen. Er würde das Bett auseinanderschrauben und entsorgen müssen. Auf drei Seiten des Bettes lagen Bettvorleger. In den Nachttisch hat er noch keinen Blick geworfen. In weniger als achtundvierzig Stunden würden er und Teresa wieder im Flieger sitzen und zurück in die Schweiz fliegen. Es gab noch viel zu tun. Ihre Zeit in Amsterdam war knapp bemessen. Mirco hatte keine Zeit für Teresas Hirngespinste, er konnte sich darüber jetzt nicht den Kopf zerbrechen. Wede, Wedekind. Was, wenn tatsächlich Teresas Grossvater den ersten Mann seiner Grossmutter getötet hatte? Wer weiss. Was soll's. Wer konnte das wissen. Es gab zu vieles, was vergessen gegangen war. Verschwiegen wurde. Eine Gleichung mit zu vielen Unbekannten war nicht lösbar.

Seine Worte perlten an Teresa ab wie Wassertropfen auf dem Gefieder der Enten in den Kanälen dieser Stadt.

Sie zählte die offenen Fragen auf, die es in ihren Familiengeschichten gibt.

Wo war Grossvater Wede im Krieg gewesen? Warum hatte er ein steifes Bein, was war mit seinem Knie passiert?

Wieso war Teresas Vater damals so plötzlich verschwunden?

Wie war das mit dem Unfall gewesen, bei dem Mircos Mutter gestorben war? Wer hatte sie totgefahren?

Und was hat das alles mit ihnen beiden zu tun?

Mirco schüttelte den Kopf.

Nichts. Gar nichts hat all das mit ihnen zu tun.

Sie beide, Mirco und Teresa, lebten hier und jetzt. Sie wollten eine Familie gründen. Punkt.
Aber Teresa wollte mehr.
Sie wollte Antworten.
Zum Beispiel auf die Frage, wer Mircos Vater ist.
Er sagte, dass ihn das nicht interessiere.
Nicht mehr.

Mirco lässt sich rücklings aufs Bett fallen.
An der Decke leuchten farbige Punkte. Ein letzter langer Sonnenstrahl, gebrochen von der Wappenscheibe vor Emmas Schlafzimmerfenster. Drei Kleeblätter auf gelbem Hintergrund. Das Dorf seiner Kindheit, das sich eingegraben hat in eine Falte des Juras und in seine Erinnerungen. Wo die Sonne sich im Winter nur wenige Stunden über die Hügelkuppen zu heben vermag und nur Gerüchte länger leben als Schatten. Wo Geheimnisse in Regentonnen verschwinden. Und in Menschen.
Mirco atmet ein und wieder aus.
Er will keine Antworten. Schon lange nicht mehr.
Er will die Fragen vergessen.

MIRCO 1997, BERG

Jemand hatte am frühen Morgen den Vorplatz freigeschaufelt. Dort, wo er Blumenrabatten vermutete, lag der Schnee kniehoch. Über ihm zersplitterten Zweige und das blasse Blau des Himmels, dazwischen hingen ausgebleichte Gebetsfahnen. Am Horizont türmten sich Berge auf. Von unten her erklang der Gong.

Mirco Köhler schlüpfte in seine Hausschuhe und eilte die Treppe hinunter ins Erdgeschoss. Nach seinem gescheiterten Studium hatte er sich für einen zehntägigen Meditationskurs angemeldet. Die Frau von der Drogenberatungsstelle, zu der seine Grossmutter Emma ihn schleppte, hatte ihm diesen Vorschlag gemacht.

Sein Zimmer im Meditationszentrum weit über der Baumgrenze teilte er mit zwei Männern, beide älter als er. Sie trugen naturfarbene Leinenhosen und ausgebeulte Shirts ohne Aufdruck; es sah aus, als hätten sie sich abgesprochen. Einer von ihnen, Mirco hatte ihn bei sich selbst Jesus getauft, hatte offenes, schulterlanges Haar. Der andere war kurz geschoren. Am Hinterkopf hatte er eine Strähne stehen lassen, die sich über seinen Nacken bis zum Rücken kringelte. Jedes Mal, wenn einer von beiden etwas aus seiner Reisetasche nahm, roch Mirco eine Mischung aus Räucherstäbchen und Cannabis, wie er sie von Ständen am Herbstmarkt kannte, die Hanfklamotten und Silberschmuck zum Kauf anboten. Er selbst fühlte sich mit seinen weissen Tennissocken und dem T-Shirt, auf dessen Brust das Logo einer amerikanischen Sportmarke prangte, ein wenig deplatziert.

Mehrmals am Tag rief der Gong sie in den Saal im Erdgeschoss, der Mirco an eine Schulaula erinnerte. Er war schmucklos und schlecht beheizt. Vorne befand sich ein

Altar oder Schrein, auf dem eine vielarmige Statue stand. Daneben hing der Gong. Im hintersten Teil des Raumes hatte Mirco eine Meditationsmatte ausgerollt. Meist sprach der Lehrer, ein Franzose mit silbergrauem Haar und unermüdlichem Lächeln, zu Beginn ein paar Worte. Er rief auf zu Freundlichkeit und Mitgefühl, gegenüber anderen und sich selbst. Oder er ermutigte sie, alle Gedanken loszulassen. Dann schlug er den Gong, was den Beginn der Meditation markierte. Mirco spürte schon nach wenigen Minuten ein Ziehen im unteren Rücken, es schliefen ihm die Füsse ein, es juckte ihn an der Schulter und je ruhiger es um ihn herum wurde, desto lauter dröhnte es in seinem Kopf. Sein Hirn stellte unablässig Fragen, auf die er keine Antwort wusste. Wie lange musste er hier noch sitzen? Wann gab es endlich Mittagessen? Wie schaffte Jesus da vorne es nur, so lange im Schneidersitz zu sitzen, ohne dass ihm die Oberschenkel abfaulten? Was sollte aus Mirco werden? Warum gab es hier an jeder Ecke Kräutertee, aber nirgends Kaffee? Wer war sein Vater? Ob er die Dunkelhaarige da vorne beim Fenster dazu bringen konnte, dass er ihre Brüste anfassen durfte? Er hatte keine Erfahrung in diesen Dingen. Dabei war er schon einundzwanzig. Er schaute sie gerne an, die Frauen, die mit ihm im Hörsaal sassen oder sich auf Partys zur Musik bewegten wie Gräser im Wind. Alle seine Kumpels hatten Freundinnen. Für ein paar Wochen sah man sie Hand in Hand durchs Dorf spazieren, knutschend an der Bushaltestelle stehen. Dann machte einer von beiden Schluss und der andere schleppte sich wie ein waidwundes Reh durch die Nachbarschaft. Natürlich wollte Mirco auch eine Freundin. Nur verlieren wollte er sie nicht.

Am dritten Abend auf dem Berg stand das Zweiergespräch mit dem Meditationslehrer auf dem Programm. Mirco graute davor. Eine Liste im Vorraum zeigte an, wer sich zu welcher Zeit im Zimmer neben der Küche einfinden musste. Um zwanzig Uhr klopfte er an die Tür. Als keine

Antwort kam, öffnete er sie einen Spaltbreit und schob den Kopf hindurch. Der Franzose winkte ihn herein, mit der anderen Hand rührte er in einer Tasse. Mirco schnupperte und schnappte nach Luft wie ein Fisch auf dem Trockenen. Kaffee.

Der Lehrer zwinkerte ihm zu.

«Ohne Kaffee werde ich zu Buddhas schlimmstem Albtraum», sagte er und bot Mirco eine Tasse an. Der nickte dankbar und verbrannte sich die Zunge am ersten Schluck.

Der Franzose blickte ihn amüsiert an.

«Dein erstes Mal hier?»

Mirco nickte.

«Und wie gefällt es dir?»

«Gut», gab Mirco zur Antwort und zog Luft über die schmerzende Zungenspitze.

«Hast du Fragen?»

«Gibt es hier Zucker?»

Der Meditationslehrer gluckste, kramte in der Schreibtischschublade und reichte Mirco ein Zuckertütchen, wie man sie im Restaurant bekam.

«Ich dachte eher an Fragen zur Meditation.»

Mirco zuckte mit den Schultern.

«Fragen habe ich viele, aber keine, die die Meditation betrifft.»

«Verstehe. Und diese Fragen lenken dich ab?»

Mirco nickte.

«Was, glaubst du, würde dir helfen?»

«Antworten.»

«Ich wette dagegen», sagte der Meditationslehrer und schenkte sich und Mirco eine zweite Tasse Kaffee ein. Mehrmals klopfte es an die Tür, andere Schüler begehrten den Rat des Meisters. Aber der Franzose winkte stets ab und wandte sich wieder Mirco zu.

Als Mirco kurz vor Mitternacht im Bett lag, konnte er nicht schlafen. Das lag vermutlich am Kaffee in seinem Bauch

und an Jesus' Schnarchen, aber auch an der neu gewonnenen Erkenntnis, dass es nichts brachte, zu grübeln und in der Vergangenheit zu wühlen. Keine Antwort dieser Welt würde etwas daran ändern, was bereits geschehen war. Und keine Antwort konnte ihm ein klares Bild davon vermitteln, wie die Zukunft aussehen würde. Das Einzige, was zählte, war das Hier und Jetzt. Nur im gegenwärtigen Moment konnte er den Samen säen, dessen Früchte er in Zukunft würde ernten können.
All die vielen Fragen blieben. Ob und wie viel Aufmerksamkeit er ihnen schenkte, war jedoch ihm überlassen.
Grübeln, hatte ihm der Lehrer erklärt, sei die Wurzel allen Leidens.
Zum ersten Mal, seit er denken konnte, fühlte Mirco sich nicht als Opfer ungünstiger Umstände. Der Vater unbekannt. Die Mutter tot. Das Studium futsch.
Warum das alles so war?
Er wusste es nicht.
Musste er es wissen, um glücklich zu sein?
Nein.
Er hatte Kaffee im Bauch und von seinem Bett aus konnte er den Nachthimmel sehen, die Seiten von den schneehellen Spitzen der Alpen ausgefranst. Beinahe glaubte er, das Singen der Sterne auf ihren Umlaufbahnen zu hören, gerade so, wie wenn man mit feuchtem Zeigfinger über die Ränder teurer Weingläser glitt.
Was brauchte er mehr?
Nichts.
Fast nichts.
Er griff sich in die Hose und dachte an die Dunkelhaarige.

TERESA 2022, STADT

Es ist sieben Uhr. Heinz Karrer hat vor einer halben Stunde sein Büro abgeschlossen, den Schlüssel mit dem ausgekochten Markknochen als Anhänger in die Aktentasche geschoben und ist nach Hause gegangen. Ich bleibe noch. Der Schrank, der letzte Woche angeliefert wurde, muss für den Verkauf hergerichtet werden. Heinz hat in den paar Tagen, in denen ich in Amsterdam war, keinen Finger gerührt.
Der Schrank steht im hinteren Teil der Brockenstube zwischen einer Bauernkommode aus massiver Fichte und der Wand. Im Halbdunkel hat er etwas Trutziges an sich. Zwei Türen. Wurmlöcher und Kratzer im fast schwarzen Holz. Furnier und schmucklose Säulen. In einem der Füsse klafft ein Riss. Schlösser unverschnörkelt und golden. Ein Schlüssel abgebrochen, der andere lässt sich nur schwer drehen. Die Tür klemmt. Im Innern eine Kleiderstange und ein Geruch, der an das nasse Fell eines Tiers erinnert. Ich fege den Schrankboden, die Wände, an denen an manchen Stellen Tapete klebt, Streifen in Grün und Beige, bröselig an den Rändern. Ich schlüpfe aus den Schuhen, prüfe den Holzboden. Er ächzt. Als ich sicher bin, dass er mein Gewicht trägt, steige ich hinein und ziehe die Tür hinter mir zu. Ein Spalt nur bleibt offen. Warum ich das tue, weiss ich nicht.
Ein Versteckspiel, vielleicht.
Ein Entdeckspiel vielleicht auch.
Ich setze mich auf den rauen Boden. Wenn ich die Füsse anwinkle, kann ich die Beine strecken. Die Vögel in der Kastanie vor der Brockenstube sind verstummt, ebenso der Strassenverkehr, der um diese Zeit flüssig vorangeht, und auch das Ticken der Standuhr. Es rauscht in meinen Ohren. Als sässe ich in einer Muschel, am Meeresgrund.

In einem hölzernen Uterus.
Ein Herz klopft.
Meins.
Oder das des Schranks.
Das Licht, das durch den Türspalt auf die hintere Schrankwand fällt, ist drei Finger breit. Ich forme mit den Händen einen Hund und lasse ihn mit geöffneter Schnauze aus dem Schatten springen. Ein Hase sitzt aufrecht in der Lichtung und lauscht.
Ich wackle mit Zeig- und Mittelfinger.
Der Hase tut es mir mit den Ohren gleich.
Für den Schmetterling ist der Streifen Licht zu schmal.
Ich lasse die Hände sinken.
Welche Geschichte verbirgt der Schrank?
Wer hat hier vor mir Schattentiere heraufbeschworen?
Wer hat sich vor mir hier sicher gefühlt?
Das kleine Tschinggeli vielleicht, Tochter eines Arbeiterpaars, Luigi aus Livorno und seine Frau Francesca. Tschinggeli, das sagt man nicht. Es ist allgemein bekannt, dass das ein Schimpfwort ist. Damals, in den Fünfzigerjahren, war es auch bekannt. Damals sagte man es trotzdem. Neun Monate lang bauten Luigi und Francesca in der Schweiz Strassen, putzten Häuser, dann stiegen sie in den Zug nach Süden. Sie freuten sich auf die grünen Hügel, das glitzernde Meer, die Sprache, die Blicke, die freundlich waren und ohne Vorwurf. Du redest zu laut. Du lachst zu laut. Als sie drei Monate später zurückkehrten in die Schweiz, brachten sie eingekochte Pelati in Weckgläsern mit. Und ihre Tochter Angela, die nach einer Weile in der Fremde glaubte, ihr Name sei Tschinggeli, weil die Leute auf der Strasse sie so riefen. Die gar nicht hier sein durfte im Land, das sich Gastland nannte, die aber doch hier war, weil neun Monate lang waren. Zu lang. Neun Mal vier Sonntagstelefonate aus der Kabine am Marktplatz mit dem nimmersatten Münzschlitz. Weil das niemand aushielt, neun Monate, nicht das Kind, nicht die

Eltern. Es musste leise sein, das Kind, immer nur leise. Laut reden durfte es nicht, laut lachen durfte es nicht. Wenn die Gastgeber klingelten, die Polizia, die Fremdenpolizei, versteckte es sich im Schrank. Im Schrank war es sicher. Von hier aus wehrte sich das Tschinggeli mit den Händen. Vertrieb die Zeit mit einem Schmetterling, vertrieb die Angst mit einem Hasen, vertrieb die Polizia mit einem Hund, den es losliess, aus dem Schatten.

TERESA 1991, DORF MIT DEN ALTEN EICHEN

Zubettgehzeit.

Ich trug meinen Pyjama. Den mit den schwarzen Monden und Sternen auf rosa Stoff, den Rüschen an den Armbündchen und dem kaputten Gummi in der Hose. Auf meinem Schoss sass Herr Braun, mein Stoffhase. Seine stumpf gewetzten Glasaugen blickten über den Sofatisch zu Mutter und Vater, die sich bewarfen.

Mit Worten.

Du hast nicht.

Du hast schon wieder.

Sich bewarfen mit dem Aschenbecher, den sie aus dem Urlaub in Griechenland mitgebracht hatten, mit Kekspackungen oder was sie sonst gerade greifbar hatten. Erst schrie die Mutter und der Vater versuchte sie zu beruhigen, erinnerte an die Nachbarn und das Kind. Danach wechselten sie die Rollen. Ich drückte mich in die Kuhle in der Mitte des Sofas, die Mutter und Vater über die Jahre mit ihren Hintern geformt hatten. Abwechselnd sassen die beiden abends im weichen Polster wie Vögel im Nest; immer nur einer, während der andere ausgeflogen war. Das letzte Mal, dass ich die Eltern Seite an Seite auf dem Sofa sitzen gesehen hatte, war so lange her, dass ich nicht mit Sicherheit sagen konnte, ob es eine Erinnerung war oder eine Wunschvorstellung.

Ich wünschte mich weg. Weg vom Geschrei. Weg vom Sofanest, das keine Sicherheit bot. Ich wünschte mich in den Wohnzimmerschrank. Unters Sofa. Auf den Mond. Ein kleiner Mond würde reichen. So einer wie auf meiner Pyjamahose war. Auf dem rechten Knie. Blass war er vom Herumrutschen auf dem Boden. Ich stellte mir vor, wie meine

Hände wuchsen, grösser wurden wie aufgeblasene Handschuhe. Die Finger nur noch Stummel, die Handballen dick und rund, zwei Ballone, die mich hochzogen, zum Fenster hinaus und in den Himmel.
Aber da waren Fragezeichen, die nach mir angelten, die sich in meinen Kleidern verhakten, in meinen Haaren, und mich zurück ins Wohnzimmer zogen.
Wieso schrien Menschen, wenn sie in Flüsterdistanz voneinander entfernt standen?
Wieso klang das Wort «egal», als wäre nichts egal?
Und in wie viele Teile zerbrach eine Stimme?
Eine zuschlagende Tür markierte das Ende des Streits. Das war für mich das Signal, die Augen zu öffnen. Meist sah ich die Mutter, die fahrig Kekskrümel vom Stubentisch und Tränen aus dem Gesicht wischte. Selten den Vater, der sich an die Brust griff, als müsse er sein Herz davon abhalten, hakenschlagend davonzueilen. Wohin, wusste ich nicht. Vermutlich ging es auch weniger um das Ziel als um die Entfernung vom Start.

MIRCO 1988, KLEEDORF

Er griff sich in die Hose und dachte an die Dunkelhaarige. Den Katalog hatte Mirco Köhler aus dem Altpapier gefischt, das die Mutter im Hausflur neben dem Schuhgestell stapelte. Bettwäsche, Duschbrausen, Küchengeräte, Gartenmöbel und Lammfellfinken, dann erst kam die Doppelseite mit der Damenunterwäsche. Auf allen Bildern war die gleiche Frau zu sehen. Sie hatte schulterlange, dunkelbraune Haare und rot lackierte Fingernägel. Auf zwei Bildern steckte ihr Körper in bodenlangen Nachthemden, die sie unter dem Kinn mit einer Schleife zuband. Auf einem dritten trug sie ein eng anliegendes Oberteil und eine Unterhose in der Farbe ihrer Haut. Sie hatte eine schmale Taille und einen runden Po. Sie lächelte ihm zu. Auf dem grössten Bild, seinem Lieblingsbild, trug sie BH, Höschen und Strümpfe, die ihr bis zu den Oberschenkeln reichten. Durch den Spitzenstoff zeichneten sich die dunkelroten Scheiben ihrer Brustwarzen und zwischen den Beinen ein Dreieck aus Haaren ab.

Als Mirco dieses Bild zum ersten Mal betrachtet hatte, hatte sich sein Penis in der Hose aufgerichtet. Das war an sich nichts Ungewöhnliches, das passierte immer wieder. Doch dieses Mal hatte er den Drang gehabt, ihn anzufassen und etwas mit ihm zu machen. Nach einigem ungeschickten Vor- und Zurückziehen seiner Vorhaut hatte er die blossgelegte Eichel über die Innenseite seiner Hand gewedelt. Er hatte nicht aufhören können, auch dann nicht, als er merkte, dass er kurz davor war, sich anzupinkeln. Gepinkelt hatte er dann doch nicht. Was da aus ihm rausgeschossen war, hatte ihn eher an Kleister erinnert. Auf dem Schulhof hatte er davon gehört. Die Sechstklässler, deren Stimmen bereits den Hals hinuntergerutscht waren, forderten sich gegenseitig heraus. Wer kam als Erstes, wer spritzte am weitesten. Dabei wurde Mirco den Verdacht nicht los, dass es gar nicht ums Machen ging, sondern lediglich ums Prahlen. Wer fand die wüstesten Worte, wer sprach sie am lautesten aus. Dabei rempelten sie sich an und versuchten sich gegenseitig in den Schritt zu fassen.

«Kein Wunder, trägst du eine Brille. Wichsen macht blind.»

«Was bist du dumm. Hast dir wohl das Gehirn rausonaniert.»

Mirco wollte weder blind noch dumm werden. Und schon gar nicht wie die Sechstklässler.

Also versuchte er damit aufzuhören. Jeden Abend, wenn er zu Bett ging, nahm er sich vor, seinen Penis und den Katalog unter der Matratze nicht anzurühren. Er verschränkte die Hände hinter seinem Kopf, steckte sie sich unter die Achseln, zählte alle Fussballer auf, die in diesem Jahr an der Europameisterschaft gespielt hatten. Lothar Matthäus, Marco van Basten, Oleh Protassow. Am Ende fand er sich dann doch mit heruntergezogenen Pyjamahosen auf dem Rücken liegend wieder. Mit hoppelndem Herz und klebrigen Fingern.

Es fühlte sich komisch an, seiner Mutter nichts von der Braunhaarigen im Katalog zu erzählen. Er hatte sonst kaum Geheimnisse vor ihr. Stellte sie ihn zur Rede, versuchte er gar nicht erst zu lügen. Ja, er hatte im Wohnzimmer Fussball gespielt und dabei den Übertopf der Zimmerpflanze zertrümmert. Ja, er hatte der alten Frau Dunkel einen Vogel gezeigt, weil sie ihn dafür geschimpft hatte, dass er mit seinem Skateboard ihre Garageneinfahrt hinabgebrettert war. Nein, er hatte die Hände nach dem Pinkeln nicht gewaschen. Seine Mutter konnte in ihn hineinblicken. Sie waren sich so nahe, dass die Trennlinie zwischen ihnen durchlässig war wie der Stoff seines Keschers, mit dem er Bienen und Hummeln aus der Regentonne der Grosseltern fischte.

Jeden Abend sassen sie zu zweit am Holztisch in der Küche mit dem zusammengefalteten Stück Pappe unter einem

Tischbein, Mirco und Mutter, und versuchten die Butter, die sie zu spät aus dem Kühlschrank genommen hatte, aufs Brot zu streichen. Zerriss das Innere des Brots unter dem Druck des Messers, weigerte sich Mirco, die Schnitte zu essen. Er wollte keine Risse und Löcher schlucken. Er war sich sicher, dass die, hatte er sie erst mal runtergewürgt, nicht mehr aus ihm rauskamen. Was da jeden Tag in der Toilettenschüssel landete, war fest und hart. Er hatte noch nie ein Loch wieder ausgekackt. Die Löcher blieben in ihm drin. Manchmal konnte er sie spüren.
Warten, bis die Butter weich würde, wollte er aber auch nicht. Der Hunger wütete in seinem Bauch wie im letzten Frühling der Marder im Hühnerstall beim Bauern Hermann. Um ihn abzulenken, Zeit zu schinden, spielte seine Mutter ein Spiel mit ihm. Sie stellte ihm so lange Fragen, bis er ihr eine Antwort schuldig blieb. Dann war er an der Reihe. Sieger war, wer mehr Fragen am Stück beantworten konnte. Mircos Rekord lag bei acht Fragen.
«Welches ist der hellste Stern am Himmel?»
«Wie viele Farben hat ein Regenbogen?»
«Wie schnell rennt ein Feldhase auf der Flucht?»
Es war nicht so, dass seine Mutter sich all die Fragen ausdachte. Sie fand die meisten in den Gratisheftchen für Kinder, die in der Metzgerei vor der Fleischauslage auflagen. Und weil die Auswahl an Fragen begrenzt war, wiederholten sie sich immer wieder, wurden gestreckt durch persönliche Fragen.
«Was isst du am liebsten?»
«Was ist deine schönste Erinnerung?»
«Wer ist dein Lieblingsmensch?»
An den meisten Abenden ging er als Sieger hervor. Seine Mutter wusste die Antworten nur selten, auch wenn sie selbst die Frage schon oft gestellt hatte. Und wenn er anfing, nach ihrer schönsten Erinnerung oder ihrem Lieblingsmenschen zu fragen, war die Butter schon weich.

Auch wenn die Butter noch gar nicht weich war.
Wie an diesem Abend vor einigen Tagen.

Vor dem Essen hatte er Kaspar Löwenzahnblätter durch das Gitter zugesteckt. Mit seiner fein behaarten Nase, die aussah wie ein umgedrehtes Ypsilon, hatte Kaspar an den gezackten Blättern geschnüffelt, bevor sie zwischen den Vorderzähnen verschwanden. Seine Mutter hatte ihm erklärt, dass ein Kaninchen nicht alt wird. Zwölf Jahre, manchmal mehr, manchmal weniger. Mirco war fast zwölf. Nächsten Monat hatte er Geburtstag. Wäre er ein Kaninchen, wäre er vielleicht schon tot.
Als Mirco Kaspar so beim Fressen zuschaute, wunderte es ihn nicht, dass dessen Lebenserwartung so kurz war. Es schien ihm, als laufe die Zeit für seinen pelzigen Freund schneller als für ihn. Die Zähne, zwischen denen noch immer ein Löwenzahnstängel steckte, bewegten sich hastig auf und ab. Kaspars Brustkorb hob und senkte sich beim Atmen drei Mal so oft wie der von Mirco. Und wenn er seine Hand auf den Pelz legte, spürte er das Herz in Kaspars Brust galoppieren, gerade so, als sei der auf der Flucht. Vielleicht, dachte Mirco, verfügten alle Lebewesen über die gleiche Anzahl Herzschläge. Waren diese aufgebraucht, starb man. Mirco nahm sich vor, von nun an alles zu vermeiden, was seinen Puls in die Höhe trieb.
Fussballspielen.
In Grossmutter Emmas Nachttisch wühlen.
Die Kleistersache.
«Na, schmeckt's ihm?»
Mirco fuhr herum. Hinter ihm stand der Bauer Hermann. Der Wohnblock, in dem Mirco mit seiner Mutter wohnte, lag am Rand von Kleedorf. Dahinter gab es nur noch Wiesen, Bauer Hermanns Hof und bewaldete Hügel, die sich am Horizont in den Himmel schoben. Auf ihren runden Buckeln trugen sie Strommasten, durch elektrische Leitungen miteinander verbunden, die den Hügeln den Anschein von

Urzeitechsen mit Rückenkämmen verliehen. Sie bewachten das Ende der Welt. Überall, wo die Menschen nicht Hand angelegt hatten mit Pflügen und Hacken, wuchs Klee. Klee auf den Wiesen. Klee in den Rissen im Asphalt. Klee auf den Gräbern des Dorffriedhofs. Unzählige Stunden hatte Mirco schon damit verbracht, ein vierblättriges Kleeblatt zu suchen. Was hatte ihn die Mutter geschimpft wegen der Grasflecken auf Hosen und Pullovern. Gefunden hatte er nie eines.
«Wo wächst das Glück?», hatte er einmal Grossmutter Emma gefragt.
«Niet in unserem Garten», hatte sie geantwortet und die Hände an der Schürze abgewischt. Daraufhin war Mirco über den Zaun in den Nachbarsgarten geklettert. Doch auch bei der alten Frau Weingartner war er nicht fündig geworden.
Die Strasse, in der Mutter und er wohnten, hiess Glasacker. Mirco vermutete, dass der Name daher rührte, dass im Spätherbst Eisblumen aus Bauer Hermanns Acker wuchsen. Glitzernd und zersplittert wie Glas. Er konnte sie hören, wenn er auf dem Weg zur Schule an ihnen vorbeiging, wie sie sich klirrend auffalteten. Kam er zum Mittagessen nach Hause zurück, waren sie meist schon verblüht.
«Ein hübscher Kerl», sagte der Bauer Hermann. An den Sohlen seiner Gummistiefel klebte Mist.
«Er ist ein Mädchen.»
Mirco hatte das Kaninchen zu Weihnachten bekommen. Der Mann im Tierhandel war sich sicher gewesen, dass es ein Rammler sei. Mirco hatte ihn Kaspar genannt. Der Schwarze unter den heiligen drei Königen. Als sie einige Monate später festgestellt hatten, dass Kaspar ein Mädchen war, war der Name geblieben.
Der Bauer Hermann ging neben Mirco in die Knie. Er roch nach Heu, warmen Kuhflanken und den Stumpen, die er sich anzündete, damit ihn die Bremsen in Ruhe liessen.

Mirco kannte den Duft. Manchmal hing er in den Kleidern seiner Mutter.
«Wie alt ist sie?», fragte der Bauer.
«Ein Jahr.»
«Dann kannst du sie bald decken.»
«Decken?»
Der Bauer Hermann knuffte Mirco in die Seite.
«Du weisst schon, ein Männchen zu ihr in den Käfig stecken, damit es bald Junge gibt.»
«Verstehe», antwortete Mirco, und das tat er. «Ich glaube nicht, dass mir Mama ein zweites Kaninchen schenkt.»
«Das braucht sie nicht. Du kannst dir eins ausleihen.»
«Aus dem Tierladen?»
Bauer Hermann schüttelte den Kopf.
«Die Kaninchen dort sind bestimmt blutsverwandt. Bruder und Schwester. Nichte und Onkel. Cousin und Cousine. Wenn die zusammen Junge machen, kommt das nicht gut. Nimm lieber einen von meinen Rammlern. Ich habe zwei. Nicht so hübsche wie deine Kleine da, aber dafür mit langen Haaren.»

Als er an diesem Abend mit der Mutter beim Abendbrot sass, war es an ihm, Fragen zu stellen. Er tat so, als wisse er die Antwort auf die Frage «Welches ist der höchste Berg der Welt?» nicht. Die Mutter schob ihm seufzend das Heft rüber.
«Du bist dran.»
«Wie heisst der längste Fluss der Welt?», fragte Mirco.
«Nil.»
«Richtig. Wer ist mein Vater?»
Die Frage war keine neue Frage. Mirco trug sie schon mit sich rum, seit er denken konnte. Manchmal ertappte er sich dabei, wie er im Einkaufszentrum oder auf der Strasse Männer musterte, etwas in ihrem Gesicht suchte, in ihrem Gang, das an ihn selbst erinnerte.
Er hatte seine Mutter oft genug beobachtet, um zu wissen, worin er sich im Aussehen von ihr unterschied. Mutters

Augen waren von einem hellen Blau, seine glichen in der Farbe der zähflüssigen Melasse, die sich Emma morgens aufs Brot strich. Die Mutter hatte dunkelbraunes und glattes Haar. Mircos Haar war rotblond und kraus. Seine Nase zierten Sommersprossen, die Haut von Mircos Mutter war so fleckenfrei wie der Porzellandeckel des Buttergeschirrs. Aus diesen Abweichungen zur Mutter puzzelte sich Mirco einen Vater zusammen. Einen braunäugigen, rothaarigen, krausköpfigen, sommersprossigen Vater.
Sprachen die Erwachsenen miteinander, spitzte Mirco die Ohren. Irgendjemand wusste, wer sein Vater war. Vielleicht wussten es alle. Alle ausser ihm. Und wenn die Menschen miteinander sprachen, sagten sie oft mehr, als sie wollten. Es gefiel ihnen, damit zu prahlen, was sie gesehen, gehört hatten. Was sie über andere wussten, und was der, der zuhörte, noch nicht wusste. Forderte man sie hingegen auf, über sich selbst Auskunft zu geben, wurden sie geizig mit Worten.
Danke.
Es muss.
Kann nicht klagen.
«Sag schon, Mama», drängte Mirco.
Das Messer rutschte beim Versuch, eine Scheibe Butter abzuschneiden, ab und knallte auf den Butterteller.
Die Mutter schloss die Augen und seufzte.
«Das verstehst du noch nicht, mein Schatz.»
«Tu ich doch. Du hast dich decken lassen und jetzt möchte ich wissen, von wem.»
Die Hand mit dem Buttermesser hatte sich kaum bewegt. Es war die andere Hand gewesen, die ihn ins Gesicht getroffen hatte.
Danach war die Butter weich gewesen und er hatte verstanden.
Es gab Themen, über die er besser nicht mit seiner Mutter sprach.

Die Dunkelhaarige im Katalog.
Der Grossvater in der Werkstatt.
Der Vater, den es nur auf seinen alten Zeichnungen gab, unter einem immer hellblauen und fingerbreiten Farbstifthimmel.
«Was glaubst du, wo Vater ist?», fragte Mirco, während Kaspar auf seinem Schoss sass.
«Warum ist er weg?»
«Und wie kann etwas, das nicht da ist, so weh tun?»
Kaspar gab keine Antwort.
Aber sie gab auf eine Art und Weise keine Antwort, die Mirco nicht schmerzte.
Nicht in der Brust.
Nicht im Gesicht.

EMMA 1946, DORF MIT DEN ALTEN EICHEN

Der Schatten der Kastanie kitzelte Emma de Vries' Fusssohlen. Sie hatte sich hinters Haus geflüchtet. Hier war es kühler. Ihr Zimmer unter dem Dach erinnerte, obwohl bereits Ende September, an einen Brotbackofen.

Emma zog den Brief von Cees' Schwester Lieke aus der Schürzentasche.

Ihr Mann war zurückgekehrt. Gottseidank. Zwei Monate nach Kriegsende hatte er vor der Haustür gestanden, gestützt auf Krücken. Zwischen der ausgetretenen Fussmatte und dem abgenähten linken Hosenbein klaffte eine Lücke. Er hatte es nie in die Schweiz geschafft. Zwischen Freiburg und Müllheim war er mit dem Wagen beinahe in eine Strassenpatrouille geraten, dann mit einer Handvoll anderer Juden zu Fuss weitergeflohen. Vorbei an Häusern mit verdunkelten Fenstern, bellenden Hunden hinter verschlossenen Türen, durch Tannenwälder, die nach Harz rochen und wo die Stämme nur eine Spinnennetzlänge voneinander entfernt standen, im Laufschritt über hastig abgeerntete Felder. Als Orientierungshilfe diente ihm das Keuchen seines Vordermanns. Es konnte nicht mehr weit sein bis zur Grenze, als Salo, der junge Mann, der an der Spitze der Gruppe lief, auf eine Splittermine trat. Das war zumindest, was sich Lieke zusammenreimte aus dem nächtlichen Stöhnen und Schreien ihres Mannes. Erzählt hatte er ihr nichts davon. Nicht, wie er sein Bein verloren hatte und nicht, was danach geschehen war. Wo er die darauffolgenden Monate verbracht und wer ihn gesund gepflegt hatte. Nicht, warum er so lange weggeblieben war und schon gar nicht, wer ihm das Hosenbein mit so sorgfältigen Stichen abgenäht hatte. Wer ihnen zugehört hätte, Lieke und ihrem Mann, abends am Küchentisch, im Bett vor dem Einschlafen, sonntags im Garten, hätte meinen können, er sei nie fort gewesen. Sie sprachen über die Kinder und den grossen Hunger, über Meldungen aus der Zeitung, über die Preise für Mehl und Butter. Sie sprachen über die Zeiten vor dem Krieg und darüber, was morgen getan werden musste. Über die Zeit zwischen seinem Weggehen und Wiederkommen aber sprachen sie nicht.

Unterdessen arbeitete er wieder als Kaufmann. Er war ein geduldiger Vater, ein guter Mann. Er sprach freundlich mit den Nachbarn. Da gab es nichts zu klagen. Lieke konnte froh sein, war er wieder bei ihr. Die Maria in der Wohnung über ihnen wartete noch immer auf ein Lebenszeichen ihres ältesten Sohnes. Sie wartete, obwohl es nichts mehr zu warten gab. Das wussten alle. Nur sagen tat es der Maria niemand.

Nein, Lieke war froh, war er hier, ihr Mann. Doch schien es ihr, als wäre ein Teil von ihm nie zurückgekehrt. Und damit meinte sie nicht das Bein.

Das Bein war es nun aber, das ihr Rätsel aufgab. Es war weg. Abgetrennt in der Mitte des Oberschenkels. Die Wunde war gut verheilt. Sie hatten Glück gehabt. In der Stadt sah man Schlimmeres. Abgeschossene Unterkiefer. Leere Augenhöhlen. Männer, die nur noch aus einem Rumpf bestanden. Männer, die zwar noch beide Arme und Beine hatten, sich aber nur auf eine Flasche Fusel gestützt aufrecht halten konnten.

An den Anblick des fehlenden Beins konnte man sich gewöhnen, nicht aber an die Qualen, die das, was nicht mehr war, verursachte: das Knie, die Wade, der Fuss. Er klagte nicht, Liekes Mann. Aber sie konnte die Schmerzen in seinem Gesicht sehen. An den zusammengepressten Lippen, den Schweissperlen auf der Stirn, dem abwesenden Blick. Oft, wenn das Wetter umschlug. Nachts war es am schlimmsten. Wie nur, schrieb Lieke, konnte etwas, das nicht mehr war, so wehtun?

Das Gartentor klapperte. Rasch faltete Emma den Brief zusammen und schob ihn zurück ins Kuvert. Sie hatte die Zeit vergessen. Bereits lagen die vielfingrigen Schatten der Kastanienblätter auf ihrem Schoss. Sie hatte die Betten nicht frisch bezogen und die Wäsche hing noch über der Leine. Seit sie vor drei Jahren aus Amsterdam zu ihrer Patentante Beatrix und deren Mann Walter Meyer in die Schweiz gezogen war, half sie im Haushalt. Beatrix war eine vielbeschäftigte Frau. Eine Wohltätigkeitsdame. Sie präsidierte den örtlichen Frauenverein und engagierte sich viele Stunden für Armengenössige und jüdische Flüchtlinge. Ihr Mann unterrichtete an der Universität Geschichte. Jeden Tag fuhr er mit dem Bus vom Dorf mit den alten Eichen in die Stadt und abends wieder zurück. Jeder Weg gut eine Stunde. War er zu Hause, sass er meist in seinem Arbeitszimmer, in dem sich Büchergestelle mit durchhängenden Regalbrettern bis unter die Decke streckten. Walter Meyer wusste alles über die Frühe Neuzeit. Sein Lieblingsthema war der Dreissigjährige Krieg. Es gab nichts, was Emma gleichgültiger gewesen wäre. Während sie Knöpfe an Hemden oder Blusen nähte oder Stangenbohnen putzte, sass Walter neben ihr und dozierte über den Prager Fenstersturz, die verschiedenen Allianzen und Kriegsschauplätze, von denen einige auch in der Schweiz lagen, über irgendwelche Maximilians, Christians und Gustav Adolfs, alles machtgierige Männer mit Krone (und Syphilis, wie Emma vermutete), bis hin zum Westfälischen Frieden. Dreissig Jahre Krieg. Und genau so lang fühlte es sich an, wenn Walter zu einem seiner Monologe ansetzte. Sie wagte nicht, ihm Einhalt zu gebieten. Noch immer hatte sie das Gefühl, sie schulde ihm etwas, und sei es nur Aufmerksamkeit. Schliesslich war er es gewesen, der ihr in der Not ein Dach über dem Kopf gegeben hatte. Mit offenen Armen hatten Beatrix und Walter sie vor drei Jahren aufgenommen, hatten ihr die Teilzeitstelle im Restaurant Ochsen verschafft, wo sie vier Mal die Woche abends arbeitete. Emma wurde den Verdacht nicht los, dass Beatrix nur darum so oft ausser Haus ging, damit sie den historischen Ausführungen ihres Ehemannes entkommen konnte.

Walter bog um die Hausecke. Sein Anzug war in den Kniekehlen und Armbeugen zerknittert, die Krawatte hing lose um den Hals. Sein Schnurrbart war eine Spur zu lang. Sein Gesicht blass und aufgedunsen wie Brot, das zu früh aus dem Ofen kam. Mit einem Taschentuch wischte er sich den Schweiss von der Stirn, bevor er sich neben Emma auf die Bank an der Hauswand fallen liess.

«Na?», fragte er und öffnete den obersten Knopf seines Hemds.

Da Emma nicht wusste, ob die Frage ihren Tag, das Wetter oder die Weltlage im Allgemeinen betraf, zuckte sie mit den Schultern und antwortete: «Gut.»

«Post aus der alten Heimat?»

Er tippte mit seinem Zeigfinger auf den Brief in Emmas Schoss.

Sie nickte.

«Alles gut?»

«Es ist niet einfach», antwortete Emma.

«Es ist nie einfach nach einem Krieg. Als 1648 die Friedensverträge in Münster und Osnabrück unterzeichnet wurden, war die Bevölkerung im heutigen Süddeutschland um einen Drittel geschrumpft. Um einen Drittel, verstehst du? Die Überlebenden waren geschwächt, Krankheiten hatten leichtes Spiel. Die Pest zum Beispiel. In manchen Gebieten dauerte es über hundert Jahre, bis dort wieder so viele Menschen lebten wie vor dem Krieg. Aber die Geschichte zeigt: Das wird schon wieder.»

Emma biss sich auf die Unterlippe.

Das Bein von Liekes Mann.

Der Sohn von Liekes Nachbarin Maria.

Ihr Cees.

Nichts davon würde jemals wieder werden. Geschichte hin oder her. Menschen und Dinge starben, wurden zerstört, gingen verloren, und nichts konnte sie wiederbringen. In die Lücke, die sie hinterliessen, trat ein Schmerz. Er brachte einen nicht um, dieser Schmerz. Emma war der Beweis dafür. Man konnte einen solchen Verlust überleben. Die Frage war nur, und darauf hatte Emma bis heute keine Antwort gefunden, ob man damit auch leben konnte.

Sie stand auf und strich sich den Rock glatt.

Walter blickte sie fragend an.

«Ich muss die Wäsche von der Leine nehmen.»

Die Wäscheklammern klimperten im Stoffbeutel, als sie den Korb ins Haus trug. Sie würde morgen plätten. Heute fehlte ihr die Zeit. In knapp einer Stunde begann ihre Schicht im Ochsen.

In ihrem Zimmer unter dem Dach setzte sich Emma aufs Bett. Auf dem Nachttisch stand, an ein Wasserglas gelehnt, das Foto von Cees, der sie aus der Vergangenheit heraus anblickte.

«Cees», flüsterte sie.

Sie erwartete keine Antwort. Emma war keine dieser Spiritistinnen, die glaubten, man könne mit den Toten sprechen. Sie glaubte auch nicht an einen Himmel, in dem Cees auf einer Baiser-Gebäck-Wolke sass und auf sie herabsah. So etwas Lächerliches traute sie nicht einmal Gott zu. Emma glaubte nur an das, was gewesen war. Die Momente ihres Kennenlernens, ihr erster Kuss vor der Haustür, wenn sie abends im Bett ihre nackten Beine und Arme ineinander verknotet hatten, er ihren Kopf hielt, damit der vor lauter Gedanken und Sorgen nicht barst wie die Krume eines zu heiss gebackenen Brots. In Erinnerungen fand sie Trost. In seiner Stimme, die ihr noch in den Ohren klang. Sein Lachen, das ab und an in ein Grunzen umschlug, was ihn jedes Mal beschämt hatte. Sein Singen. Sein Schimpfen. Sein Schnarchen.

Doch die Klänge ihrer Erinnerungen verhallten.
Nur wenn es still war um sie herum, konnte sie Cees noch hören.
Unterdessen war er schon länger fort, als er bei ihr gewesen war.
Mit der Zeit, die Emma nun ohne Cees verbringen musste, verhielt es sich wie mit dem Schatten der Kastanie hinter dem Haus: Mit jeder Stunde wurde er länger, obwohl der Baum selbst nicht wuchs. Und je grösser der Schatten wurde, desto mehr Licht verdrängte er von den Steinplatten, auf denen im Herbst aufgeplatzte Kastanien lagen.
Emma zog sich um. Von unten her hörte sie das Stottern von Walters Schreibmaschine. Rasch lief sie die Treppe hinab, nahm im Hausflur die Handtasche vom Garderobenständer und zog leise die Haustür hinter sich ins Schloss.

Im Ochsen schöpfte Rita, die Wirtin, den Schaum vom Kartoffelwasser. Die Fensterscheiben waren blind vom Dampf. In ihrem Rücken stand neben dem Zwiebeltopf und einer Handvoll zerfledderter Kochbücher das Radiogerät. Die Musik, die aus dem Lautsprecher dudelte, klang wie durchs Passevite getrieben. Rita hatte die Bändel ihrer Schürze eng um die Körpermitte gezurrt, sodass es aussah, als hätte sie eine Taille. Die Haare hatte sie zu einem strengen, nur zwetschgengrossen Dutt am Hinterkopf zusammengebunden. Als sie Emma zur Begrüssung anlächelte, war ihre silberne Zahnkrone zu sehen. Bei einer Schlägerei in der Gaststube war ihr ein Aschenbecher ins Gesicht geflogen und hatte sie einen Schneidezahn gekostet. Das war noch vor dem Ersten Weltkrieg gewesen. Rita hatte den wütenden Trunkenbold, der sie mit seiner Grösse um mindestens zwei Köpfe überragt hatte, am Kragen gepackt und in die Nacht hinausbefördert. Erst dann hatte sie sich auf die Suche nach dem verlorenen Zahn gemacht. So erzählten es die Gäste am Stammtisch, eine Handvoll Männer, die sich die verbliebenen Haare über die kahlen Stellen kämmten und die

wässrigen Augen zukniffen, um Ritas Menü auf der Schiefertafel lesen zu können. Emma nannte sie die Maulwürfe.
«Na, wie geht's?»
Rita bückte sich und warf einen Blick in den Backofen, in dem sie die Brote fürs Abendessen buk. Der Duft, der sich in der Küche ausbreitete, war für Emma kaum auszuhalten. Der Duft von frischem Brot, das nicht von Cees' Händen geknetet und geformt worden war.
«Alles goed», gab Emma zur Antwort und band sich ihre Schürze um, die hinter der Küchentür am Haken hing.
«Du siehst müde aus.»
«Ich sehe immer müde aus.»
Emma hatte diesen schläfrigen Blick, der die Männer in der Gaststube um den Verstand brachte. Sogar die Maulwürfe erinnerten sich in ihrer Gegenwart daran, dass sie einst Männer gewesen waren.
Keine anständigen Männer.
Keine galanten Männer.
Einfach nur Männer.
«Und bei dir?», fragte Emma.
Rita richtete sich auf und fasste sich ans Kreuz.
«Es muss, mein Schatz, es muss. Der Föhn halt.»
«Bald dreht der Wind.»
«Dein Wort in Gottes Ohr. Nimm.»
Rita zeigte mit dem Finger auf die Kanne, die auf dem Herd neben den Kartoffeln stand. Emma fasste den Henkel mit einem Topflappen und goss Wasser über den gemahlenen Kaffee, der wie gewohnt mit gerösteten Zichorien gestreckt war.
«Zucker, Milch, du bedienst dich, mein Schatz.»
Rita hatte ihr bereits den Rücken zugedreht und hackte Gemüse in Würfelchen. Ihre Oberarme wackelten mit leichter Verzögerung zu den raschen Bewegungen ihrer Hände. Auf der Schiefertafel in der Gaststube stand trotz der sommerlichen Temperaturen Ritas Gemüsesuppe mit Markbein.

«Du weisst doch, ich trinke den Koffie schwarz», antwortete Emma und blies in ihre Tasse.

«Kaffee ohne Milch», brummte Rita, ohne sich umzudrehen. «Das ist wie eine Ehe.»

«Wieso?»

«Beides schmeckt am Ende bitter.»

Emma lachte. Rita schob mit einer theatralischen Handbewegung das klein geschnittene Gemüse vom Brett in eine Schüssel.

Gespräche wie diese waren ihr tägliches Ritual. Emma staunte, wie viel Menschen reden konnten, ohne einander etwas zu sagen. Und wie viel sie dennoch hörten von dem, was unausgesprochen blieb.

Emma konnte hören, dass Rita lieber allein war und ohne ihren Ehemann, der es bis zu seinem Herztod nicht hatte lassen können, den Serviertöchtern nachzusteigen.

Dass sie ihn und seine spöttischen Bemerkungen nicht vermisste.

Und dass sie abends, wenn sie die Lichter löschte im Ochsen und in ihre Wohnung ging, die über der Gaststube lag, dennoch manchmal einsam war.

Emma stellte die Tasse in den Schüttstein und strich ihre Schürze glatt.

«Ist schon jemand da?»

«Nur der Bruno.»

Bruno war der hiesige Hufschmied. Sechsundzwanzig Jahre alt und noch immer unverheiratet. Wären da nicht seine Augen, die viel zu nahe beieinanderstanden, wäre er hübsch anzusehen gewesen. Kräftige Statur, dunkle Haare, glatt rasiertes Gesicht. Er öffnete nur selten den Mund, aber wenn er es tat, kamen zwei regelmässige Zahnreihen zum Vorschein. Er lebte im benachbarten Kleedorf. Ab und an kam er in Begleitung seines Kompagnons, dem Furler Kurt, der im Dorf mit den alten Eichen den Werkhof führte. Er sah in seinem schwarzen Overall, den er zur Arbeit trug, genauso

schneidig aus wie in seiner Jägeruniform. Der Kurt war einer, der jedes Mädchen haben konnte, wenn er wollte. Ausser Emma. Die mochte ihn nicht, den Furler mit den Sommersprossen auf Wangen und Nase und den langen Wimpern. Immer hatte er den Mund offen. Und was da rauskam, war selten klug. Ganz anders der Bruno. War er allein, setzte er sich an den Zweiertisch vor dem Fenster und trank ein Glas Most. Er beteiligte sich nie am Geschwätz der anderen. Geiferten die Maulwürfe vom Stammtisch zu ihm rüber, lächelte er und gab Antworten, die keinen Zunder boten, um das Gespräch weiter anzufachen.
Kann schon sein.
Wenn du meinst.
Es ist, wie es ist.
Bevor er ging, drückte er Emma einen Batzen Trinkgeld in die Hand. Bedankte sie sich mit einem Lächeln, fasste sie ihm vielleicht sogar an die Schulter, wuchsen ihm Flecken im Gesicht, die aussahen wie die Kontinente auf dem historischen Globus, der bei Walter und Beatrix im Wohnzimmer stand.
«Hat er schon was?»
Emma zog das schwere Portemonnaie aus der Schublade unter dem Buffet hervor und liess es in die Tasche ihrer Schürze gleiten.
«Ich glaube nicht, dass er von mir bedient werden möchte», sagte Rita.
Ihr Zahn blitzte im Licht der Abendsonne, die langfädig durchs geöffnete Fenster in die Küche fiel.
In der Gaststube standen die Holzstühle in regelmässigen Abständen an den Tischen. Noch konnte man den Essig riechen, den Rita grosszügig ins Putzwasser schüttete. Sobald die Tür zur Küche zufiel, verstummte das Radio.
«Guten Abend, Bruno.»
«Grüss Gott, Emma.»
Mehr sprachen sie nicht.

Sie fragte ihn nie, wie es ihm ging oder wie sein Tag gewesen war. Auch nicht, was er trinken wollte.
Er fragte sie nie, ob sie sich zu ihm setzen möchte, ob sie «Die letzte Chance» im Kino gesehen hatte. Und auch nicht, ob sie den Film mit ihm ansehen wollte.
Schweigend sass er an seinem Tisch am Fenster und blickte sie an.
Blickte sie auf eine Weise an, die ihr nicht zu nahekam.
In seiner Anwesenheit konnte sie Cees hören.
Schweigend goss sie ihm ein Glas Most ein und trug es zu ihm an den Tisch.
Die Ränder seiner ordentlich geschnittenen Fingernägel waren schwarz von Hufcreme. In der Hand hielt er eine daumengrosse Figur. Es war ein Pferd mit wehender Mähne und einem geschliffenen Glasbauch, der bunte Lichtflecken auf die Tischplatte warf.
Ohne Emma anzublicken, schob er das Pferd zu ihr hin.
«Für dich.»

TERESA 2022, STADT

Heinz Karrer schiebt den Ladenschlüssel über den Verkaufstisch.
«Da. Für dich», brummt er, «bleib aber nicht so lange. Ich kann mir deine Überstunden nicht leisten.»
Er tippt sich zum Abschied an die Schläfe und schlurft davon. Dass er sich meine Überstunden nicht leisten kann, sagt Heinz immer, wenn ich nach Ladenschluss bleibe, um Putz- oder Reparaturarbeiten zu erledigen.
Heinz bezahlt mir keine Überstunden.
Ich weiss kaum etwas über Heinz. Er ist der Inhaber der Karrer Brockenstube und dem Dialekt nach nicht von hier. Bern. Oder Solothurn. Ich schätze ihn auf um die sechzig. Er lebt allein in einer Mietwohnung am Rand der Stadt. Und er hat Humor. Auch Heinz weiss von mir nur genau das, was ich ihm beim Bewerbungsgespräch erzählt habe. Fünfunddreissig Jahre alt, gelernte Bürokauffrau, verheiratet, kinderlos, und es macht mir nichts aus, abends länger zu arbeiten. Wir feiern weder Geburtstage noch Weihnachten. Nie verbringen wir gemeinsam die Mittagspause. Heinz isst im Büro vor dem Computer. Das Mittagsmenü der Metzgerei Kuhn an der Ecke. Saltimbocca mit Bratenjus und Risotto. Hausgemachte Lasagne. Heisser Fleischkäse mit Kartoffelsalat. Zwölf Franken. Fünfzehn mit Getränk. Ein Essen ohne Fleisch ist für ihn kein Essen. Ich lege mich mittags mit belegten Broten oder Salat auf eines der Sofas im Laden, blicke hoch zu den Mobiles, die sich träge über den Kinderwagen und Krippen drehen. Zwischen den Elefanten, Filzkugeln und Flugzeugen zittern Spinnweben, die einst gesponnen worden sind, um Fliegen und Mücken zu fangen. Stattdessen sind Staubflusen hängen geblieben.

Staub liegt auch auf den Schränken, Bilderrahmen, Kaffeekannen.
Staub tanzt durch die Lichtschneisen vor den Industriefenstern.
Staub kitzelt die Kunden in der Nase, wenn sie Sofas probesitzen oder die Schubladen der Nachttische und Spiegelkommoden öffnen.
Habe ich die Brockenstube einmal komplett durchgeputzt, liegt dort, wo ich angefangen habe, bereits wieder Staub. Ich putze im Kreis, dem Staub hinterher, dem Staub voraus.
Für diesen Abend habe ich mir den Staub in der Kinderecke vorgenommen. Hochstühle feucht abwischen, die Kinderbetten, Plastikbadewannen, Dreiräder. Kuscheltiere ausschütteln und die Lammfelle für Bett oder Kinderwagen. Das wird eine Weile dauern, womit der nächste Streit mit Mirco vorprogrammiert ist.
Gemäss Fertilitätskalender ist mein Eisprung in vier Tagen. Mirco aber ist fest entschlossen, diesen Monat auf Nummer sicher zu gehen und lieber einmal zu viel als zu wenig mit mir zu schlafen. Er will ein Kind. Und er will es jetzt.
Dies sei seine Art, an unserer Familiengeschichte zu arbeiten, hat er gestern Abend gesagt und sich die Socken von den Füssen gezogen. Er schaue vorwärts und nicht wie ich in die Vergangenheit, wo ich mir Geschichten zusammenspinne von meinem Grossvater, der im Krieg einen Bäcker erschossen habe, der wiederum zufälligerweise der erste Ehemann seiner Grossmutter gewesen sein soll.
Aus Amsterdam zurückgekehrt, habe ich mich darangemacht, Wissen über unsere Familien zusammenzutragen. Was ist bekannt? Wo gibt es Fragmente und Bruchstücke, die man als gesichert erachten kann? Wo klaffen Lücken?
Ich bin sicher: Alles begann 1943 in Amsterdam.
Als an jenem Novembernachmittag in der Bäckerei an der Sternstraat ein Schuss fiel, hat ein Mensch den Tod gefunden.

Das war Cees.
Ein anderer hat sein Leben verloren.
Das war mein Grossvater Wede.
Ich habe Mirco davon erzählt, gestern, vor dem Zubettgehen.
Ich solle aufhören, sofort, hat er gesagt und dabei sein Shirt durchs Zimmer geschleudert. Es landete auf dem Wäscheständer, der seit unserem Einzug aufgeklappt vor dem Fenster steht und an dem noch nie frische Wäsche hing. Immer liegen nur einmal getragene Hosen, Pullover und Trainerjacken obendrauf, zu schmutzig für den Schrank, zu sauber für die Waschmaschine.
Er wolle nichts mehr davon hören, hat Mirco gesagt.
Er ist sechsundvierzig Jahre alt. Ihm läuft die Zeit davon, die er noch hat, um ein guter Vater zu sein.
Um überhaupt Vater zu sein.
Ich sah zu, wie Mirco sich wütend aus der Jeanshose wand, und dachte dabei an meinen Grossvater, den Metzgermeister, und was er mir über die Hasenjagd erzählt hatte.
«Wenn du wissen willst, wohin der Hase läuft, musst du wissen, aus welcher Richtung er gekommen ist.»
Ich muss Licht ins Dunkle bringen.
Die Fallgruben markieren.
«Grübeln», hat Mirco erwidert, «ist die Wurzel allen Leidens.»
Kurz nach Mitternacht haben wir das Deckenlicht gelöscht und uns ins Bett gelegt. Die Leuchtziffern meines Radioweckers tauchten das Schlafzimmer in fahles Licht.
Drei Nullen, eine Acht.
Auch Mirco fiel es schwer, in Stimmung zu kommen. Er hielt während des Akts die Augen geschlossen. Es war schrecklich. Wie wir uns da zu zweit allein abmühten. Beide hoffend, Mirco möge bald kommen, damit es endlich vorbei ist.

Ich rolle die Kinderwagen zurück an ihren Platz, werfe den Putzlappen in den Eimer. Die Standuhr schlägt die Stunde. Zwanzig Uhr. Es ist zu früh, um nach Hause zu gehen. Mirco ist noch wach. Er wird ein Kind machen wollen.

Ich will auch ein Kind.
Aber nicht heute.
Nicht, bevor ich den Hasen geschossen habe.
Nicht, bevor ich Klarheit habe.
Ich schlendere in den hinteren Teil der Brockenstube, rücke einen Kerzenständer gerade, drapiere Modeschmuck über die Büste einer Schaufensterpuppe.
Vor dem Schrank bleibe ich stehen.
Er hat etwas von einer Holzburg.
Einem Unterschlupf.
Einem Reinschlupf.
Zwischen Rücken und Schrankwand schiebe ich ein Kissen, das ich aus der Sofaabteilung mitgenommen habe. Auf dem Boden liegt eine Picknickdecke. An der Kleiderstange hängt eine Laterne, orientalischer Stil, vermutlich ein Urlaubsmitbringsel aus Marokko oder Ägypten, nichts von Wert. Heinz wird sie nicht vermissen. Das Kabel führt zum Türspalt hinaus und bis zur bröckeligen Steckdose hinter dem Schrank. Eine Nabelschnur, die mich mit Licht versorgt. Die Laterne wirft helle Kacheln an die Schrankwände, wo ich mit rotem Filzstift auf die Tapete schreibe. Namen und Daten.
Worte unterstreiche, umkreise, durchstreiche.
Verbindungen ziehe, Pfeile zeichne.
Fragezeichen so oft übermale, bis ich sie im Holz fühlen kann.
Ein Stammbaum, an dem die Früchte meiner Überlegungen hängen, dazwischen unausgereifte Gedanken. Meine Notizen erinnern an die Wände in Kriminalfilmen, auf denen Ermittler ihre Beweise sammeln. Ich tue es ihnen gleich, ohne aber Klarheit zu haben, wer Täter und wer Opfer ist. Geschweige denn, um welche Taten es sich handelt, abgesehen vielleicht von Mord. «1943, Grossvater Wede erschiesst Cees» steht da.

Erst siebzehn Jahre alt ist er damals gewesen, mein Grossvater Wede. Ein schmächtiger Junge mit dunklen Augen,

abstehenden Ohren und schlechter Haut. Die Uniformmütze tief in die Stirn gezogen, lächelte er unsicher in die Kamera. Ich habe das Foto gesehen, da war er bereits tot. Nicht im Krieg gefallen ist er, sondern als alter Mann erstickt am Wasser in der Lunge und an der Wut im Bauch. Die Augen grau. Das Gesicht breit und flach, die Nase fleischig und mit tiefen Kratern übersät. Die Haare zerzaust wie das Reisig an seinem Gartenbesen. Er zog beim Gehen das rechte Bein nach. Das Knie, eine alte Kriegsverletzung.
Der Grossvater sprach einen südwestdeutschen Dialekt. Seine Vokale klangen in meinen Ohren viel zu lang, über Konsonanten schlitterte er achtlos hinweg. Der ganze Sprechvorgang schien ihm nach hinten in den Hals gerutscht zu sein, so klang er stets ein wenig albern. In den letzten Jahren liess sein Hörvermögen nach. Damit er seine Schweizer Enkeltochter verstehen konnte, wechselte ich ins Hochdeutsch. Und er tat es mir gleich. So redeten wir in einer Sprache miteinander, die uns beiden fremd war.
Auch darum schwiegen wir lieber.
Der Abdankungsgottesdienst fand im Rebdorf statt, mitten in den Weinbergen, in der Kirche mit der dicken Sandsteinhaut. Die Weihrauchschwaden, die ein Ministrant nach allen Seiten hin durchs Kirchenschiff trieb, machten mich schwindlig. Die Orgel klang wie ein Donnerwetter und die Trauergemeinde füllte nicht einmal die vorderste Kirchenbank. Jesus am Kreuz zu meiner Linken, der Vater zu meiner Rechten. Den Kopf gesenkt, knibbelte er am Nagelhäutchen, bis es blutete.
Mit dem Grossvater starben auch die Erinnerungen an seinen Einsatz im Zweiten Weltkrieg. Nie habe ich ihn darüber sprechen hören.
Ganz anders Grossonkel Klaus. Der Mann mit Brillengläsern so dick wie Flaschenböden war Militärpilot gewesen, hatte die Ju-52 geflogen. Aber nur einmal über Feindgebiet. Gleich auf dem ersten Flug war er vor der Küste Englands abge-

schossen worden und in Kriegsgefangenschaft geraten, danach hatte er bis zum Kriegsende als Dolmetscher fürs britische Militär gearbeitet. Im Gegenzug hatten ihn die Briten gut behandelt. Mit der Familie, bei der er untergebracht war, verband ihn noch viele Jahre eine Brieffreundschaft.
Klaus sprach oft und gerne über den Krieg an den Sonntagnachmittagen bei Kaffee und Kuchen in Grossvater Wedes Garten. In Klaus' Geschichten war der Krieg stets laut und kameradschaftlich und voller Heimweh - aber nie sinnlos. Stets schien es, als würden die Falschen die Schlacht gewinnen, doch dann war es eine Taube, ein Schneesturm im Frühsommer, eine gefälschte Radiomeldung, die dazu führte, dass sich alles zum Guten wendete. Dieses Gute, das nicht näher benannt wurde und in meiner Erinnerung den Geschmack von Schwarzwälder Kirschtorte und zu dick angerührtem Holunderblütensirup hat.
Der Rasen in Grossvater Wedes Garten war stets getrimmt und geschnitten gewesen, kein Unkraut störte das gleichmässige Grün, nicht einmal Gänseblümchen. Der Thujahecke, die den Garten vor Nachbarsblicken abschirmte, zwang der Grossvater eine klare Wuchsrichtung auf. Kerzengerade mussten die Sträucher stehen. In den Blumenbeeten wuchsen Krokusse, Osterglocken und Tulpen in Reih und Glied. Neben Küchenabfällen vermoderten auf Grossvaters Kompost krumm gewachsene, kümmerliche und sonst wie seltsam geartete Blumen und Sträucher. Schnecken, Feuerwanzen, Läuse merzte er mit Gift aus.
Vielleicht habe ich den Kompost hinzugedichtet. Ich weiss es nicht mehr.
Auf jeden Fall haben Klaus' Kriegsgeschichten gut an diesen Ort gepasst. Er war es auch, der über Wedes Knie gesprochen hat.
In feindliches Feuer geraten. Hatte sich in Sicherheit bringen können. Und einen Kameraden dazu. Trotz Kugel im Knie. Ein Kriegsheld, der Soldat Hodapp. Um ein Haar hätte

man ihm das ganze Bein abnehmen müssen. Glück hat er gehabt. Glück im Unglück. Das Bein konnte gerettet werden. Beschädigt war es. *Broken,* wie man im Englischen sagte. Doch wer war das nicht damals, sagte Klaus und lachte. *Broken.* Alle am Tisch nickten, weil ihnen nichts Besseres einfiel.

Grossvater Wede reihte währenddessen konzentriert die Sauerkirschen am Tellerrand auf, die er zuvor aus dem Biskuitteig der Kirschtorte gepult hatte. Ich hätte ihn fragen wollen, ob er auch wie Klaus eine Sprache gelernt hatte im Krieg. Oder ob ihm dort lediglich das Reden abhandengekommen war. Stattdessen habe ich mit der Kuchengabel die Weichselkirschen aufgespiesst, die auf Grossvaters Teller übrig geblieben waren, und sie mir in den Mund gesteckt.

Im Schrank ist es stickig. Ich suche mein Handy, unter den verschwitzten Beinen und in den Falten der Picknickdecke. Wenn ich mit den Ellenbogen an die Schrankwände stosse, klingt es tief und dumpf, als sässe ich im Bauch eines grossen Fisches. Ich öffne die Nachrichten-App und scrolle weit nach unten, bis ich den Namen gefunden habe, den ich suche.

Frank Hodapp.

«Hallo Papa, wie gehts dir? Du, wo war Grossvater im 2. Weltkrieg stationiert? Machs gut, Teresa.»

Der Empfang ist schlecht in diesem Teil der Brockenstube. Die Nachricht bleibt hängen. Ich steige aus dem Schrank, giesse das Putzwasser in das Waschbecken hinter der Kasse und lege die Lappen zum Trocknen auf den Fenstersims. Dieser Mai ist ungewöhnlich warm.

Das Handy zittert.

«Hallo Hase», schreibt Vater. «Schön von dir zu hören. Ich bin froh, geht es dir gut. Bei mir auch alles ok. Wo dein Grossvater stationiert war? Ich weiss es nicht. Es tut mir leid, Papa.»

Wie oft habe ich diese Antwort schon gehört von ihm.

Wann kommst du wieder?
Ich weiss es nicht.
Aber du kommst doch wieder, Papa?
Ich weiss es nicht.
Irgendwann habe ich aufgehört zu fragen.
Und kurz darauf habe ich aufgehört, mit ihm zu reden.
Ich drehe den Schlüssel im Ladenschloss und werfe ihn in den Briefkasten neben der Tür. Heinz Karrer wird ihn morgen herausfischen, im Mund ein angebissenes Croissant, unter dem Arm eine Gratiszeitung.
Das Tram fährt mir vor der Nase weg, also gehe ich zu Fuss. Der letzte Rest Sonnenlicht versickert zwischen den Häusergiebeln der Stadt. In den Wohnzimmerfenstern flackert das Spätprogramm. Menschen stehen in ihren Küchen, trocknen Pfannen ab, öffnen und schliessen ihre Münder wie Fische in Aquarien. Ich kann nicht sehen, mit wem sie sprechen. Auf Balkonen senden glimmende Zigaretten Morsezeichen.
Die Fenster unserer Wohnung sind dunkel.
Mirco schläft. Gottseidank.
Als ich mein Handy im Wohnzimmer ans Ladekabel anschliesse, sehe ich, dass neue Nachrichten eingegangen sind.
«Niederlande ab Frühling 1943. Ich habe Wedes Dienstbüchlein gefunden», schreibt Vater.
Bei der zweiten Nachricht weiss ich nicht, worauf genau er sich bezieht.
Auf das Unglück, das Wede widerfahren ist?
Auf meine Kindheit?
Auf unsere Beziehung, die aus kaum mehr als Schweigen besteht?
Es ist ein Emoticon. Ein Affe.
Er hält sich die Augen zu.

FRANK 1992, ZWISCHEN DEN DÖRFERN

Er hielt sich die Augen zu und würgte.

Was Frank Hodapp in den Mund floss, schmeckte bitter.

Hatte er heute überhaupt schon etwas gegessen? Wie jeden Morgen hatte er vor dem Frühstück das Haus verlassen. Am Abend zuvor hatte er sich mit Susanna gestritten. Obwohl Streit das falsche Wort war. Seine Frau hatte nicht die Stimme gegen ihn erhoben, hatte nicht geweint oder Geschirr nach ihm geworfen. Sie hatte auf dem Küchenstuhl gesessen und auf die Plastikflasche gezeigt, die sie im Putzmittelschrank gefunden hatte. Darin kein Putzmittel, sondern Wodka. Frank hatte zu erklären versucht, dass es nicht so war, wie sie dachte, doch sie hatte abgewinkt.

Susanna dachte nicht, sie wusste.

Und nun sass Frank nur wenige Kilometer von Susanna und dem Putzmittelschrank entfernt im Auto und wusste gar nichts mehr.

Wo war sie hin, diese Frau?

Erst war sie nicht da gewesen.

Blinzeln.

Dann war sie da gewesen. Direkt vor seiner Kühlerhaube.

Bremsen.

Bums.

Blinzeln.

Dann war sie nicht mehr da gewesen.

Vielleicht war sie nur Einbildung gewesen. Eines dieser Mümmlein, von denen sein Vater früher immer erzählt hatte.

Vielleicht aber lag die Frau irgendwo hinter ihm auf dem nassen Asphalt.

Frank legte die Stirn ans Steuerrad. Der Regen klopfte vorwurfsvoll an die Windschutzscheibe.

Er hätte auf den Koller hören sollen, als der ihm gesagt hatte, er solle sich besser ein Taxi rufen. Er hatte es dem Koller versprochen und dann doch nicht getan.
Das konnte er gut.
Ich verspreche dir, ich komme heute früher nach Hause.
Ich verspreche dir, ich trinke keinen Schluck.
Ich verspreche dir, was immer du hören willst.
Nur einen Absacker hatte er trinken wollen. Zu fünft waren sie nach dem Dienst aus der Stadt und nach Kleedorf gefahren, wo der Koller mit seiner Familie lebte. Im Kreuz hatten sie Bier und ein paar Gläser Weisswein bestellt. Neunundzwanzig war er geworden, der Koller. Ein paar Dörfler waren auch gekommen, Kollegen aus der freiwilligen Feuerwehr. Auf dich. Zum Wohl. Nur diese Runde, hatte Frank verkündet, dann müsse er heim zu Frau und Kind ins Nachbardorf. Einer geht noch. Prost. Als die Letzten sich verabschiedet hatten, hatten sie ihm auf die Schulter geklopft und gelacht, dass er so, wie er drauf sei, besser nicht in eine Polizeikontrolle gerate. Gott bewahre, wenn er blasen müsse.
Nur der Koller war geblieben.
Ob alles in Ordnung sei, hatte der ihn gefragt und den Rest Bier im Glas geschwenkt.
«Alles in Ordnung», hatte Frank gesagt und gelacht. Er sprach und lachte zu laut, die Leute an den Nachbarstischen drehten sich schwerfällig zu ihm um.
Der Koller hatte den letzten Schluck Bier in sich hineingeschüttet, seine Geldbörse aus dem Lumber gezückt und einen Geldschein auf den Tisch geklatscht, dass die Gläser klirrten, die in der Mitte zusammengeschoben waren wie Orgelpfeifen. Biergläser, Weingläser, Schnapsgläser. Der Koller hatte sich die Schirmmütze auf den Kopf gesetzt und Frank die Hand zum Abschied gereicht.
«Soll ich dir ein Taxi rufen?»
«Das kann ich selbst. Geh du nur. Und nochmals alles Gute zum Geburtstag.»

Da war der Koller gegangen.
Ein Taxi vom Kreuz in Kleedorf nach Hause ins Dorf mit den alten Eichen kostete fünfunddreissig Franken. Das Geld wollte Frank sparen.
Höchstens fünfzig war er gefahren, mit weit aufgerissenen Augen. Ausserorts. Der Scheibenwischer hatten auf höchster Stufe gewedelt. Frank musste aufpassen. Auf Randsteine und Strassenschilder und Rehe. Susanna konnte jeweils an der Tiefe der Beulen im Kotflügel, an der Länge der Kratzer im Lack auf die Anzahl Bier schliessen, die er getrunken hatte. Sie wäre ein hervorragendes Flintenweib geworden. Am Abend zuvor hatte sie den Inhalt der Plastikflasche in den Ausguss geschüttet und war nachsehen gegangen, draussen auf dem Parkplatz.
Eine neue Beule.
Drei grosse Bier.
Eine halbe Stunde Geschrei und ein weinendes Kind.
Das wollte er heute verhindern.
Die Uhr auf dem Armaturenbrett zeigte dreiundzwanzig Uhr dreiundzwanzig. Eine schöne Uhrzeit. Ein Gedicht in Ziffern.
Susanna war für diese Art von Poesie unempfänglich. Sie würde ihm stattdessen vorhalten, dass er auch heute zu spät nach Hause komme. Wieso er nicht angerufen habe. Ob er etwas getrunken habe. Und dann würde sie ihn küssen wollen. Sie schob ihm so lange die Zunge in den Mund, bis er die Luft nicht länger anhalten konnte und sie seinen Atem roch.
Das war kein Kuss.
Das war eine Leibesvisitation.
Sie fand immer, was sie suchte.
Vielleicht war sie schon zu Bett gegangen, Susanna. Frank hoffte, dass sie schlief.
Viel wahrscheinlicher aber war, dass sie noch wach war, am Küchentisch sass. Wütend würde sie sein. Er konnte es

sehen, an der Art, wie sie in ihrem Tee rührte. Als jage der Löffel einen Vaganten im Kreis. Sie würde wissen wollen, was eigentlich los war mit ihm. Warum er nicht glücklich war. Obwohl er doch allen Grund hatte, glücklich zu sein.
Eine nette Frau.
Eine gesunde Tochter.
Ein Häuschen auf dem Land.
Einen anständigen Beruf, der reichte, um Susannas Eltern das Darlehen zurückzuzahlen, das sie ihnen für den Hausbau gewährt hatten.
Er hatte doch alles.
Und dann stand er da und wollte ihr sagen, dass es nicht das Zuwenig war, das ihn plagte, sondern das Zuviel.
Der Stein in der Brust.
Doch meist sagte er nichts.
Oder er schrie. Weil Susanna schrie.
Das war dasselbe wie nichts sagen. Nur war es lauter.
Sie schrien, bis die kleine Teresa aufwachte und Susanna ihn mit diesem Blick ansah, der sagte, auch das noch. Da hast du es. Vielen Dank auch. Dann ging sie ins Kinderzimmer. Frank stand belämmert in der Küche und hörte, wie Susanna sang.
Schon während der Schwangerschaft hatte Franks Frau sich Gedanken darüber gemacht, welches Lied sie ihrem Kind die nächsten Jahre Abend für Abend vorsingen wollte.
So war Susanna. Sie wusste, dass Entscheidungen Konsequenzen nach sich zogen, und konnte deren Tragweite abschätzen.
Sie hatte sich für ein russisches Wiegenlied entschieden. Die vier getragenen Strophen hatten exakt die richtige Länge, um ein Kind zu beruhigen. Wählte man ein zu kurzes Schlaflied, war das Kind nach der letzten Strophe noch weit entfernt von schläfrig und man kam in die unangenehme Lage, ein zweites Lied anstimmen zu müssen, dessen Text einem aufgrund der anhaltenden Stilldemenz oder des

Schlafentzugs nicht einfallen wollte. Wählte man ein Lied mit zu vielen Strophen, musste man es jeden Abend in voller Länge singen, obwohl sich in der Küche die schmutzigen Teller oder in Gedanken die Vorwürfe an den Partner türmten. Zudem durfte Gott keinen Platz haben. Gott führte stets zu Diskussionen.
Kann Gott fliegen?
Warum hat Gott Streit erfunden?
Hat Gott ein Fell?
Susanna wählte und blieb dabei.
«Schlaf mein Kind, ich wieg dich leise, Bajuschki, baju.
Einmal wirst auch du ein Reiter, Bajuschki, baju.»
Frank sang nicht mit. Warum, wusste er nicht. Er hatte eine ganz ordentliche Singstimme. Am Anfang seiner Dienstzeit hatte er sogar im Polizeichor mitgemacht.
«In der Fremde, fern der Heimat, denkst du immerzu an die Mutter, die dich lieb hat, Bajuschki, baju.»
Warum dachte das Kind im Lied immer nur an die Mutter und nie an den Vater? Seit fünf Jahren ärgerte er sich über diese Liedzeile. Anderseits hatte er selbst kein anderes Schlaflied anzubieten.

Seine Mutter hatte nie für ihn gesungen. Zur Schlafenszeit hatte sie sich auf seine Bettkante gesetzt und erst mit ihm und dann mit Caroline, seiner Schwester, gebetet.
«Müde bin ich, geh zur Ruh, schliesse beide Augen zu. Gott-Vater, lass die Augen dein, über meinem Bette sein.»
Frank hatte die Vorstellung gruslig gefunden, dass Gott ihn anglotzte, während er schlief. Dieser Gott, der Lots Frau zur Salzsäule erstarren und alle, die nicht aufs Schiff passten, ersaufen liess.
Dieser Eisklumpengott.
Dieser Gott mit dem Fehlerblick.
Gott hatte die grauen Augen seines Vaters.
Nie hatte die Mutter für ihn ein Schlaflied gesungen. In Franks Kindheit war Singen tabu gewesen. Einmal hatte ihn

der Vater wegen eines Lieds gar verprügelt. Dabei war körperliche Züchtigung nicht Wedes Art gewesen. Er hatte auf andere Art Schmerzen zu bereiten gewusst. Hohn war härter als Holz. Gleichgültigkeit auch.

Der Regen war stärker geworden. Er klatschte wütend auf Franks Windschutzscheibe, als wolle er ihn aus dem Auto prügeln, der Scheibenwischer zischte ihm einen unmissverständlichen Befehl zu.

Geh-raus!

Geh-raus!

Schau nach, was passiert ist! Du bist Polizist!

Der Regen hatte recht. Er trug noch immer seine Uniform. Die paspelierten Hosen. Das Hemd. Den Lumber. Diese Uniform, in der er nach jemandem aussah. Nach jemandem, der furchtlos war und entschlossen. Darin aber versteckte sich, unter dem stahlblauen Stoff und dem Pistolenholster, unter den Muskeln und dem wachsenden Bauchfett, der kleine Junge mit dem Stein in der Brust. Er war ein Niemand. Da hatte der Vater recht gehabt. Ein gut verpackter Niemand.

Er musste nachsehen gehen, was mit dieser Frau passiert war.

Erst war sie nicht da gewesen.

Blinzeln.

Dann war sie da gewesen. Direkt vor seiner Kühlerhaube.

Bremsen.

Bums.

Blinzeln.

Dann war sie nicht mehr da gewesen.

Vielleicht lag die Frau irgendwo hinter ihm auf dem nassen Asphalt.

Vielleicht aber war sie nur Einbildung gewesen.

Ein Hirngespinst.

MIRCO 1987, KLEEDORF

Auf der vierten Treppenstufe blieb er stehen. Er war nun auf gleicher Höhe mit der Wanduhr, die im Flur neben zwei gekreuzten Ordonnanzsäbeln hing. Grossvater Bruno hatte seine Dienstzeit in der Kavallerie geleistet. Das Pendel, das Mirco Köhler durch die Glastür hin und her schwingen sah, erinnerte ihn an Emmas mahnenden Zeigfinger.

Oben angekommen stand er vor drei Türen. Links war das Badezimmer. Er schauderte beim Gedanken an Emmas Haarteile, die neben dem Lavabo an Haken hingen und deren Haarsträhnen bei jedem Luftzug nach ihm zu greifen schienen wie schwarz-graue Tentakel. Hinter der mittleren Tür lag das Kinderzimmer seiner Mutter. Darin stand ein Bett, überzogen mit einer Tagesdecke. An der Wand über dem Bett hing ein Teppich, auf dem die Sonne in einem aus orangen und roten Fäden bestehenden Meer versank. Viele Jahre später, als er das erste Mal auf Kreta am Strand stand, war er enttäuscht, wie farblos und rasch sich der Sonnenuntergang vollzog. Die Realität konnte mit dem Wandteppich seiner Kindheit nicht mithalten.

Die rechte Tür führte ins Schlafzimmer seiner Grosseltern. Hier durfte Mirco nicht hinein. Er war schon drin gewesen, natürlich, aber stets war Emma dabei gewesen, hatte gebügelte Hemden in den Schrank gelegt oder war mit einem Staubtuch über die Kommode gefahren, in deren Schubladen sich nach Lavendel duftende Bettanzüge stapelten.

Mirco horchte. Nie lief ein Radio oder Fernseher im Haus seiner Grosseltern. Gesprochen wurde wenig. Schritte waren keine zu hören, auch kein klapperndes Geschirr. Als er sicher sein konnte, dass der Grossvater in der Werkstatt und Emma im Keller oder Garten war, öffnete er die dritte Tür und setzte sich aufs Bett. Sein Blick fiel auf den Nachttisch. Darauf standen eine Lampe und ein Bilderrahmen mit Hochzeitsfoto. Seine Grosseltern sahen auf eine Art jung aus, wie Mirco es ihnen nie zugetraut hätte. Grossvater trug einen schwarzen Anzug und ein weisses Hemd mit Fliege, in der linken Hand einen Zylinder und ein Paar Handschuhe. Zu seiner Linken Braut Emma im weissen Kleid, untergehakt beim Bräutigam. Die Schleife, die ihren Blumenstrauss zusammenhielt, hing fast bis auf den Boden. Mirco konnte sich nicht erinnern, die beiden jemals so nahe beieinander gesehen zu haben. Geschweige denn, dass sie sich berührten. Er stellte das Bild zurück auf den Nachttisch und öffnete die Schublade. Er roch eine Mischung aus Emmas Parfum und dem dunklen Duft der Regentonne, die schwer daran tat, seine Geheimnisse zu verdauen.

Er wusste, wenn ihn Grossmutter dabei erwischte, wie er in ihren Sachen kramte, musste er sich auf etwas gefasst machen. War sie wütend, schimpfte sie ihn laut und schickte ihn in den Keller. Das war nicht so schlimm, wie es klang. Wanderstöcke standen im Schirmständer am unteren Ende der Kellertreppe. Auf den Kopf gedreht verwandelten sie sich in Hockeyschläger. Als Puck diente eine der Walnüsse, die Emma im Herbst auf Zeitungspapier zum Trocknen ausgelegt hatte. Die gewichsten Reiterstiefel des Grossvaters markierten das Tor. Geschickt lenkte Mirco den Puck um Lichtkacheln herum, die durch die Fenster auf den Boden fielen. Versenkte er den Puck, jubelte er seinem Publikum zu, einer Horde dickbäuchiger Einmachgläser, gefüllt mit Apfelschnitzen und Zucchettischeiben, die sich auf den Tablaren bis zur Kellerdecke stapelten wie auf Rängen im Stadion.

War Emma hingegen sehr wütend, schimpfte sie nur leise, dafür in jener Sprache, die Mirco nicht verstand, und sprach daraufhin für den Rest des Tages kein Wort mehr mit ihm. Sie schickte ihn nicht weg. Doch sie antwortete ihm nicht,

wenn er sie etwas fragte. Sie schöpfte ihm beim Mittagessen keine zweite Portion Nudeln auf den Teller, wenn er sie darum bat. Sie ignorierte ihn so lange, bis er überzeugt war, es gebe ihn nicht mehr.
Das leise Schimpfen, das wusste er, war viel schlimmer als das laute Schimpfen.
In der Schublade des Nachttischs lagen Stofftaschentücher, gebügelt und bestickt mit Emmas Initialen. Daneben ein bemaltes Holzkästchen und ein Stapel Fotos. Sie zeigten die junge Emma und ein Kind im Taufkleid, vermutlich seine Mutter. Emma und der Grossvater mit Wanderschuhen und Knickerbockers. Seine Mutter im Spitalhemd, mit einem Baby auf dem Arm. Das letzte Foto war ohne Farbe. Es zeigte einen Mann mit ungekämmten, hellen Haaren. Im Mundwinkel einen Grashalm. Auf der Rückseite stand die Zahl zweiundvierzig. Mirco blickte auf das Hochzeitsfoto auf dem Nachttisch. Die Haare, die unter dem Zylinder des Grossvaters hervorlugten, waren dunkel.
«Was zum Teufel tust du hier?»
Blitzschnell schob er die Hand mit dem Foto hinter den Rücken. Die Grossmutter trat so nahe an ihn heran, dass er seinen Kopf in den Nacken legen musste, um ihr Gesicht sehen zu können.
«Was hast du da?»
Sie beugte sich über ihn und zog ihm das Bild aus den Händen.
«Wer ist das?», fragte Mirco.
«Ga weg!», flüsterte sie so leise, dass es ihn in den Ohren schmerzte. «Ga uit mijn ogen.»

Als er am Abend seiner Mutter davon erzählte, zuckte sie nur mit den Schultern.
«Emma redet nicht über Cees.»
«Wer ist Cees?»
«Ihr erster Mann», antwortete die Mutter und steckte ihm die Decke mit dem Raketenmuster unter den Füssen fest.

«Warum nicht?»
«Ich weiss es nicht», sagte sie und setzte sich neben ihn auf die Bettkante. «Vermutlich, weil es ihr wehtut, wenn sie über ihn redet.»
«Und wenn sie nicht über ihn redet?»
Seine Mutter strich ihm die Haare aus dem Gesicht und lächelte.
«Dann tut es ihr auch weh. Aber der Schmerz ist dann leiser.»
«Schmerzen kann man hören?», fragte er.
«Schmerzen kann man hören», antwortete sie und drückte ihm beim Herausgehen einen Kuss auf die Stirn.
«Mama», rief er ihr nach, da hatte sie das Licht bereits gelöscht.
«Wie klingt Schmerz?»
Mutters Umriss legte den Kopf an den Türrahmen.
«Wie ein verstimmtes Klavier», sagte sie und zog die Tür hinter sich zu.

WEDE 1943, AMSTERDAM

«Das wollte ich nicht!»
Wede Hodapp wusste nicht, ob er die Worte nur gedacht oder laut ausgesprochen hatte. Seine Ohren funktionierten nicht mehr. Er reimte sich die Geräusche um sich herum aus dem zusammen, was er sah.
Emma kniete neben dem Verkaufstisch auf dem Boden, wiegte sich vor und zurück und aus ihrem Gesicht schienen Laute zu kommen, die an das Röhren der Hirsche um Allerheiligen herum erinnerten. Den Kopf hatte sie in den Nacken gelegt, zwischen ihren Lippen zitterten Fäden aus Tränen und Rotz. Zu ihren Knien breitete sich eine rote Lache aus. Sie hielt die Hand des singenden Bäckers so fest umklammert, dass ihre Knöchel weiss hervortraten.
Welches Geräusch machte das Sterben?
Klang es wie das erschrockene Knistern einer ausgeblasenen Kerze?
Wie das Schlürfen des letzten Rests Abwaschwasser, der durch den Abfluss wirbelte und verschwand?
Wie das empörte Zischen, das zu hören war, wenn im Frühling das Gas aus dem vergorenen Apfelmost entwich?
Wede wusste es nicht.
Das Letzte, was er gehört hatte, war der Schuss gewesen, der das Sterben des Bäckers verursacht hatte. Einförmig und raumfüllend. Von Stille kaum zu unterscheiden.
Er roch Schmauch und frisches Brot.
Ihm war übel.

Zwölf Jahre alt war er gewesen, da hatte ihn der Vater geheissen, dem Hahn den Kopf abzuschlagen. Jeden Morgen, lange bevor der Tag im Osten seine blassblauen Augen aufschlug, begann der Hahn zu krähen und hörte erst wieder auf, wenn Vater oder Mutter den Handbesen oder den Stiefelknecht nach ihm warfen. Den Rest des Tages stolzierte er um seine Hühner herum. Weil er dabei aussah wie ein preussischer General, hatte Wede ihn Friedrich genannt. Näherten sich Fremde dem Haus, schoss Friedrich als feuerfarbener Komet mit grünem Schweif über den Hof und jagte sie zum Teufel. Einen besseren Wachhund gab es nicht. Musste Wede nach der Schule Arbeiten verrichten, Holz spalten, den Vorplatz und die Werkstatt fegen, die faulen Äpfel aufsammeln, spazierte Friedrich neben ihm her und leistete ihm Gesellschaft. Seine Kopfbewegungen erinnerten dabei an ein Daumenkino, das nicht gleichmässig abgeblättert wurde. Nun hatte ihm der Vater aufgetragen, Friedrich zu töten.

Wede hatte sich geweigert. Der Vater aber war Tischler. Er löste Probleme mit Holz.

Morsche Dachbalken stützte er mit solchen aus Fichte.

Särge zimmerte er aus Kiefer.

Widerstand brach er mit Buche.

Dabei sang er stets im Rhythmus seiner Schläge.

Beim Hämmern.

Beim Hauen.

«O, du lieber Augustin,
Augustin, Augustin,
O, du lieber Augustin,
Alles ist hin!»

Der Vater hatte Kraft.

Und Taktgefühl.

Als Wede den Hahn auf den Holzblock drückte, konnte er kaum stehen, so sehr schmerzte ihn der Hintern. Friedrich stellte sich tot. Hals und Flügel hingen schlaff Richtung Boden, die Zehen verkrallte er in die Luft. Nur das Herz in der gefiederten Brust verriet ihn. Es reihte seine letzten Schläge so eng aneinander wie die Perlen auf Mutters Rosenkranz. Friedrich hielt still. Hielt auch dann noch still,

als Wede die Axt über seinen Kopf hob. Erst als das Blatt im Holzblock steckte und kupferfarbene Federchen durch die Luft wirbelten, zappelte er. Wede liess los. Die schuppigen Beine rannten in Richtung Hühnerstall, die Flügel flatterten, aus dem offenen Hals spritzte Blut. Der abgetrennte Kopf lag neben dem Holzblock und glotzte ihn von unten herauf an.
Da hatte Wede sich übergeben müssen.

Jetzt aber, da er in der Bäckerei an der Sternstraat einen Mann getötet hatte, musste er sich nicht übergeben. Was für ein Mensch war er, der sich beim Anblick eines toten Hahns die Schuhe vollkotzte, beim Anblick eines toten Menschen aber einzig daran denken konnte, dass er für den Rest des Lebens nie mehr einen Bissen frisches Brot würde essen können?
Dabei war es genau dieser Geruch gewesen, der ihn hergelockt hatte.
Und Emma.
Er war ihr nie nahe genug gekommen, um mit Sicherheit sagen zu können, dass auch sie gut roch. Doch etwas anderes konnte er sich nicht vorstellen. Sie war schön, sie war sauber, sie war freundlich. Er hatte die Soldaten Lichtsteiger und Denzler, mit denen er das Zimmer im Quartier an der Sarphatistraat teilte, oft genug über das Weibervolk reden gehört. Die meisten Mädchen rochen so gut, darüber könne man den Verstand verlieren, hatten sie sich versichert und dabei unsanft ihre Stiefel gewienert. Nur die Huren stanken. Zwischen den Brüsten nach billigem Parfum und zwischen den Beinen nach Fisch. Wede hatte aufmerksam zugehört und dabei so getan, als müsse er einen besonders hartnäckigen Fleck an seinem Waffenrock entfernen. Erwischten sie ihn beim Lauschen, warfen sie ihr Putzzeug nach ihm oder spuckten ihm auf das gewichste Leder.
Wede wusste nicht, wie Frauen rochen, seine Mutter ausgenommen. Und auch sie hatte ihn die letzten Jahre nicht

mehr in den Arm genommen. Er konnte sich nicht an ihren Duft erinnern.
Einmal im Monat schrieb er ihr einen Brief aus Amsterdam. Darin berichtete er von seinen Taten für Führer und Vaterland.
Antwort erhielt er nie.
Und je länger eine Antwort von zu Hause ausblieb, umso mehr schrieb er. Gerade so, als könne er durch die schiere Länge seiner Briefe eine Antwort erzwingen, und sei es nur, damit er endlich Ruhe gab.
Früher hatte das manchmal funktioniert.
Wenn die Mutter Wedes Schwester die Haare geflochten und in einer Sprache mit ihr gesprochen hatte, die ihn an das Gurren von Tauben erinnerte, hatte er sich neben die beiden gestellt und so lange auf die Mutter eingeredet, bis diese geantwortet hatte. Mit ihm hatte sie in der Sprache der Elstern gesprochen. Dann war die Schwester gestorben und die Mutter verstummt.

Die Schuld am Tod der Schwester trug Wede. Und die schwachsinnige Frieda, die Geschichten erzählte, wenn sie den lieben langen Tag auf ihrer Bank vor dem Haus sass, wo ihre alte Mutter sie morgens hinführte und abends wieder abholte. Das Klappern des Mühlrads im Rebdorfer Bach gab Frieda den Rhythmus vor. Es war die Geschichte von den Mümmlein gewesen. Biegsam wie Schilf waren die, mit langen, tannengrünen Haaren. Die Augen blankgeregnet. Sie lebten im nahe gelegenen Mummelsee, tief unten, wo das Wasser Tangbärte trug, in einem aus Wellen geflochtenen Palast, blutrote Korallen im Garten und duftende Seerosen. Sie stiegen nachts in die Dörfer hinunter und griffen den Bauern und Steinbrucharbeitern unter die Arme. Als Belohnung für ihre Dienste trugen sie Eier, Kohl und Wein in den Palast auf dem Grunde des Sees. Doch wehe einer wagte es, sie anzusprechen, dem brachten sie Siech und Elend ins Haus.

Die Schwester hatte Wede schon seit Tagen in den Ohren gelegen, sie wolle unbedingt ein solches Mümmlein sehen. Sogar ihr Domino-Spiel hatte sie ihm versprochen. Achtundzwanzig von Hand zugeschnittene und geölte Spielsteine aus Eichenholz, auf die der Vater mit dem Brenneisen Punkte gesetzt hatte. Was hatte sich Wede ein solches Spiel gewünscht. Und nun bot es ihm die Schwester an. Im Gegenzug wollte sie seine Hilfe. Er schlug in den Handel ein und stahl ein Ei aus Mutters Vorratskammer. Das Ei brauchten sie als Köder für das Mümmlein. Sie betteten es auf einen Batzen Moos unter den windschiefen Apfelbaum und legten sich selbst unter dem Holunder auf die Lauer. Der Boden war kühl, sie rochen den Nebel. Die Drähte der Rebberge glänzten wie Spinnenfäden im Abendlicht. Als die Sonne hinter dem Tannenzickzack verschwand, rief die Mutter nach ihnen. Der Vater rief, als die Dunkelheit bereits schwer und feucht auf ihnen lag. Die Zähne klapperten ihnen und die Finger schmerzten vor Kälte. Erst als das Käuzchen rief, gaben sie sich geschlagen.
Auf dem Weg zurück ins Haus nahm Wede das Ei und liess es vorsichtig in seine Hosentasche gleiten. Die Schwester protestierte.
«Wenn das Mümmlein das Ei gesehen hat, dann wird es furchtbar wütend sein, dass du es ihm genommen hast.»
«Mümmel», rief Wede in die Nacht und zog das Ei wieder hervor. «Du willst das Ei? Dann komm und hol es dir.»
Er warf das Ei in die Brombeerhecke, die den hinteren Teil des Gartens überwucherte. Es zerbrach mit einem Geräusch, das an einen lieblosen Kuss erinnerte. Das Käuzchen kreischte.
«Du hast das Mümmlein angesprochen», flüsterte die Schwester. Trotz der Dunkelheit konnte er ihre schreckensweiten Augen sehen.
Wede lachte.
Er fürchtete sich nicht vor den Mümmlein.

Er fürchtete sich allein vor dem Vater.
Der erwartete sie mit dem Buchenscheit.
Die Schwester durfte ins Bett. Wede musste in die Küche.
Prügel gab es immer in der Küche.
«O, du lieber Augustin,
Augustin, Augustin,
O, du lieber Augustin,
Alles ist hin!»
Die Mutter stand daneben. Sie blickte Wede nicht an, blickte nur auf den Vater. Der Ausdruck, der auf ihrem Gesicht lag, verriet Angst im gleichen Masse wie Bewunderung.
Wede wusste nicht, was ihn mehr schmerzte. Vaters Schläge oder Mutters Schweigen.
In dieser Nacht schlief er auf dem Bauch.
Weil ihn der Hintern schmerzte.
Weil ihn die geballte Wut im Bauch nach unten zog.
Am nächsten Tag verlangte er von der Schwester das Domino-Spiel. Sie schüttelte den Kopf. Ihre Goldzöpfe flogen durch die Luft wie Peitschenschnüre. Ein Mümmlein, wie die schwachsinnige Frieda es beschrieben hatte, hatten sie keines gesehen. Warum also sollte sie ihm ihr Domino-Spiel geben?
Da schnitt er einen Holunderzweig.
Der brummte, wenn er ihn durch die Luft sausen liess.
Der patschte, wenn er ihn auf die nackten Schenkel der Schwestern sausen liess.
Danach hatte das Domino-Spiel ihm gehört. Jetzt war alles gut. Hatte er gedacht.
Am Abend aber kam das Fieber.
Sein ganzer Körper sah aus, als hätte er sich einem Schwarm Mücken ausgesetzt. Das Jucken machte ihn wahnsinnig. Die Mutter verbot ihm, die Pusteln aufzukratzen. Er konnte es dennoch nicht lassen.
Der Arzt legte die Stirn in Falten und sagte, dass dies die Masern seien.

Die Schwester legte die Stirn in Falten und sagte, dass dies das Werk des Mümmleins sei.
Während er noch krank im Bett lag, fuhr der Führer durchs Tal. Die Leute im Dorf standen an der Strasse, klatschten und jubelten. Die Mutter hatte Wede geheissen, im Bett zu bleiben. Seinem Bitten und Betteln, er wolle auch mitkommen und schauen, schenkte sie kein Gehör. Durch das offene Fenster hörte er das Lachen und Johlen der Leute, von denen keiner merkte, dass er fehlte. Am Abend berichtete ihm die Schwester mit glühenden Wangen, dass sie aufs Steinkreuz geklettert war, um Hitler besser sehen zu können. Sie hätte nachmessen können, ob sein Schnauzer tatsächlich zwei Finger breit war, wie alle behaupteten, so nahe sei sie ihm gewesen. Streng habe er ausgesehen. Schneidig. Wede tat, als interessierten ihn Hitler und die Parade nicht. Doch insgeheim wünschte er die Schwester zum Teufel, die ihm mit dieser vermaledeiten Mümmlein-Geschichte die Prügel und nun auch noch die verpasste Parade eingebrockt hatte.
Tags darauf glühten die Wangen der Schwester noch immer. Ihre Haare klebten im schweissnassen Gesicht und sie schlotterte, wie sie auch unter dem Holunder geschlottert hatte. Sie kratzte sich nie, jammerte nicht, schluckte brav die Hühnersuppe, die ihr die Mutter löffelweise einflösste.
Im Fieber rief sie hilfesuchend nach dem Mümmlein.
In ihrer Angst rief die Mutter hilfesuchend nach dem Arzt.
Als die Schwester starb, konnte Wede das Schluchzen der Mutter durch die geschlossene Tür hören, vor der er stand.
Haus und Garten verwahrlosten.
An den riesigen Löwenzahnrosetten, die sich im Rasen wie Flechten ausbreiteten, in der Mitte eitrig gelbe Pusteln, konnte er die Tage abzählen, die die Schwester schon tot war. Brennnesseln rückten vom Gartenzaun her immer näher ans Haus heran, Disteln auch. Und aus allen Ritzen quoll grünes Kraut, dessen weiss bewimperten Blüten ihn fragend anschauten.

Warum war die Schwester gestorben und er nicht?
Wenn ihm die Mutter nahekam, was selten passierte, sah er in ihren Augen keine Antwort, sondern nur das Echo seiner Frage.
Warum war sie gestorben und er nicht?
Anfangs dachte er noch, dass dem Mümmlein ein Fehler unterlaufen war. Mit der Zeit begriff er, dass das Mümmlein sehr wohl ihn abgestraft hatte. Er war zwar nicht tot, aber lebendig begraben unter dem Schweigen der Eltern und seinem Gefühl von Schuld.
Dann kam der Krieg.
Die Mutter hatte ihn zum Fotografen geschickt, gleich nachdem der Stellungsbefehl eingetroffen war. Bei seiner Abreise stand das Schwarz-Weiss-Bild mit Büttenrand auf dem Kaminsims neben dem Foto seiner Schwester.
Er hatte davon geträumt, draussen in der Welt ein anderer sein zu können.
Ein Kamerad.
Ein Kriegsheld.
Doch die Distanz zwischen dem, was er war, und dem, was er sein wollte, war grösser als die sechshundert Kilometer, die er von zu Hause entfernt stationiert war.
Oberleutnant Klose, der vom Skifahren an der Zugspitze Waden hatte wie Wede Oberschenkel, würgte ihm unverdaute Bosheiten ins Gesicht, die er selbst von seinem Vorgesetzten hatte schlucken müssen. Die Kameraden verschwendeten kaum Worte an Wede. Mit seinen siebzehn Lenzen war er noch ein Kind. Und niemand hatte Lust, mit einem Kind am Rockzipfel gesehen zu werden. Ab und an spielten sie ihm einen Streich. Strichen Schuhwichse in sein Essgeschirr, leerten ihm nachts Wasser zwischen die Beine oder versteckten kurz vor der Materialkontrolle seinen Brotbeutel oder Leibriemen, sodass er zum Latrinenputzen abkommandiert wurde. Dann fühlte sich Wede zwar gedemütigt, aber wenigstens nicht mehr unsichtbar.

Emma war die Einzige, die freundlich mit ihm sprach.
Den singenden Bäcker hatte er nur selten zu Gesicht bekommen. Meist rumorte der hinten in der Backstube herum, ab und an sang er. So war es auch gewesen, als Wede vor nicht mehr als einer Viertelstunde die Ladentür aufgezogen hatte, an der das obligatorische «Für Juden verboten»-Schild hing. Er hatte sich noch gedacht, dass diese Schilder bald nicht mehr nötig sein würden. Es hatte kaum noch Juden in der Stadt. Alle hatte man sie zu Arbeitseinsätzen in die Lager gebracht. Erst die Arbeitsfähigen. Dann die Alten, Kranken, Kinder und sogar Säuglinge. Niemand hatte protestiert. Die Kirche hatte sich halbherzig gegen die Deportationen aufgelehnt und dann doch nur zugesehen.
Eine Glocke über Wedes Kopf hatte ein zweites Mal gescheppert, als die Tür hinter ihm zufiel. Emma hatte hinter dem Verkaufstisch gestanden.
«Grüss Gott, Wede.»
Wenn Emma Deutsch sprach, klang es, als hätte sie den Mund voller Kartoffelbrei. Bei seinem dritten oder vierten Besuch in der Bäckerei hatte sie ihm die Hand hingestreckt und sich vorgestellt. Seither grüsste sie ihn mit Namen.
Die Eltern hatten ihn stets nur Bub gerufen.
Der Klose nannte ihn Soldat.
Die Kameraden riefen ihn mit seinen Initialen.
Für Emma war er Wede.
Einmal die Woche hatte er für ein paar Stunden Freigang. Der Lichtensteiger und der Denzler gingen in die Kneipe, ins Weisse Rössl oder ins Trip. Er ging in die Bäckerei. Er wusste, dass Emma vergeben war. Sie trug einen Ring. Aber er wollte sie ja auch nicht heiraten. Er wollte, dass sie mit ihm redete. Übers Wetter, über die Lebensmittelpreise, über weiss Gott was. Solange sie mit ihm sprach, existierte er.
«Wie geht es dir, Wede? Ein broodje?»
Er nickte und sie liess ihre Finger flink über die Kasse hüpfen. Mit einem Scheppern öffnete sich die Schublade. Im

selben Moment schwang die Tür zur Backstube auf und der Bäcker kam mit einem Blech dampfender Brote heraus. Ohne Wede nur eines Blickes zu würdigen, sang er aus voller Kehle. Den Text verstand Wede nur bruchstückhaft. Der Nikolaus klopfte an eine Tür. Vielleicht irrte er sich auch, schliesslich war erst September. Die Melodie aber, die kannte er.

«O, du lieber Augustin,
Augustin, Augustin,
O, du lieber Augustin,
Alles ist hin!»

Jede Silbe ein Schlag mit dem Buchenscheit.

«Aufhören», sagte er.

Emma streckte ihren Kopf über den Verkaufstisch und legte ihre Hand hinters Ohr.

«Er soll aufhören», wiederholte Wede.

Seine Augen füllten sich mit Tränen, was ihn noch wütender machte.

Der Bäcker drehte sich zu ihm um, ohne allerdings mit dem Singen aufzuhören.

Emma sagte etwas zum Bäcker, das Wede nicht verstehen konnte. Der Bäcker schüttelte den Kopf und sang weiter. Emma stand wortlos daneben. Sie blickte Wede nicht an, blickte nur auf den Bäcker. Ihr Blick verriet Angst im gleichen Masse wie Bewunderung.

Wede zog seine Walther aus dem Holster und richtete sie auf den Bäcker, wie er den Holunderzweig auf die Schwester gerichtet hatte.

«O, du lieber Augustin,
Augustin, Augustin,
O, du lieber Augustin,
Alles ist hin!»

So plötzlich, wie ihm das Hören abhandengekommen war, so rasch kehrte es zurück.

Emma schrie.

Ein Kind weinte im Nebenraum.

Ein Passant drückte seine Stirn an das Schaufenster der Bäckerei an der Sternstraat.

Die Glocke über der Tür schepperte zweimal.

Stiefel schmatzten rasch durch Pfützen, wurden langsamer und verstummten. Ein Pferdefuhrwerk rumpelte an ihm vorbei, eine Peitsche knallte. Keuchend beugte Wede sich vornüber.

Er würgte.

TERESA 2022, STADT

Vaters Name steht an der Schrankwand.
Frank.
Ich habe ihn mit rotem Filzstift hingeschrieben, gleich neben «1992, wer hat Muriel getötet?».
Darunter eine Liste all der Dinge, die ich über den Tod von Mircos Mutter weiss.
23. November 1992.
Später Abend.
Landstrasse zwischen Kleedorf und dem Dorf mit den alten Eichen.
Regen.
Autounfall mit Fahrerflucht.
Leberruptur.
Was ich über den Abend weiss, an dem mein Vater aus dem Dorf mit den alten Eichen verschwunden ist, steht da auch.
23. November 1992.
Später Abend.
Nach einem Geburtstagsumtrunk eines Arbeitskollegen in Kleedorf.
Regen.
Alkoholfahne.
Beule im Kotflügel.
Ein Narr, wer die Verbindung nicht sieht.
Punkt für Punkt prüfe ich, ob ich nichts hinzugedichtet oder vergessen habe. Alles, was ich über Muriels Tod weiss, hat mir Mirco erzählt. Ihr Sterbedatum steht im Familienbüchlein. Der Bericht des Spitals mit ungefährem Todeszeitpunkt und Todesursache liegt im Regal über Mircos Schreibtisch, abgeheftet zwischen Schulzeugnissen und zahnorthopädischen Unterlagen.

An Vaters Verschwinden kann ich mich erinnern. Zumindest teilweise. Die Eltern haben gestritten. Es ging um eine Beule im Auto. Daran erinnere ich mich, weil das Wort Kotflügel fiel und ich mir mit meinen fünf Jahren eine Wurst vorgestellt habe. So eine, wie ab und an in der Kloschüssel lag. Braun und stinkend, aber mit Flügeln. Im Hausflur eine Sporttasche. Vater trug seine schwarze Lederjacke, die am Kragen und vorne an den Ärmeln glänzte wie die Schwarte auf den Speckseiten, die Loulou-Oma manchmal mitbrachte, wenn sie zu Besuch kam. Vater kniete sich hin und sagte, dass er jetzt gehe. So, wie er es immer sagte, wenn er zur Arbeit ging. Und doch war es anders. Als er mir einige Tage zuvor erklärt hatte, dass die Schnauzhaare meines Stoffhasen, die ich mit der Bastelschere abgeschnitten hatte, nicht wieder nachwachsen würden, hatte seine Stimme denselben Tonfall gehabt. Neben dem Schlüsselbrett im Flur hing ein ewiger Kalender, ein Blechschild mit aufgemaltem Fliegenpilz und zwei roten Magneten, die die Mutter jeden Morgen an die aktuelle Position rückte. Als die Haustür ins Schloss fiel, haftete ein Magnet auf der dreiundzwanzig und einer auf November.

Ich knipse die Laterne aus. Die Dunkelheit legt sich auf die Namen an der Holzwand, die Jahreszahlen, die mit Filzstift gezogenen Querverbindungen. Ich würde gerne länger im Schrank bleiben, aber Mutter wartet vor der Brockenstube auf mich. Wir sind zum Abendessen verabredet.

Die Hitze des Tages liegt träge in den Gassen wie die Katzen in den offenen Hauseingängen. Im Restaurant entscheiden wir uns für einen Tisch im Freien. Um die Äste der Platanen sind Lichterketten gewickelt. In den Fenstern der Altstadthäuser zähle ich acht gespiegelte Monde.

«Wie geht's Loulou-Oma?»

«Gut», antwortet Mutter hinter der Speisekarte.

«Gut» heisst bei Loulou-Oma: So gut wie heute wird es ihr nie mehr gehen. Meine Grossmutter ist dement. In ein paar

Monaten wird sie nicht mehr reden können, nicht mehr stehen, nicht mehr schlucken. In ihrem Kopf schmelzen Erinnerungen und Fähigkeiten wie die Eiswürfel in meinem Wasserglas. Die ganze Geschichte, die sie sich ein Leben lang über sich selbst erzählt hat, wird sie bald vergessen haben.

Ich erinnere mich an die Loulou-Oma meiner Kindheit. Nie hat man sie ohne Schürze und selten ausserhalb der Küche gesehen. Immer waren ihre Hände in Bewegung. Gemüse putzen, Saucen abschmecken, Kalkflecken von Chromoberflächen wienern. Wenn sie über der Spüle mit raschen Bewegungen die Fleischmesser schliff, sah sie aus wie eine Kriegerin. Und wenn sie Opa Georg auf die Finger klopfte, weil der sie in ihre Saucenpfanne gesteckt hatte, klang sie auch so. Zu ihren Füssen wechselnde Cockerspaniels, die in meiner Erinnerung alle Jucko heissen. Niemals bewilligte sie Süsses vor dem Essen. Zum Nachtisch aber gab es stets mehr, als man essen konnte. Sie bewirtschaftete zwei Kühlschränke, einen in der Küche und einen im Keller. Der Kellerkühlschrank war zum Bersten voll mit vakuumierten Fleischpäckchen, alle mit Loulou-Omas unleserlicher Handschrift angeschrieben. Zu Weihnachten verschenkte sie jedes Jahr Rollschinkli, wobei sie sich nicht die Mühe machte, diese in Geschenkpapier zu wickeln. Als Opa Georg starb, weinte Loulou-Oma nicht. Wir besuchten sie am Tag danach. Es war ein heisser Sonntag Ende August. Die Nelken in Mutters Hand liessen die Köpfe hängen. Wir liefen die von Buchenhecken eingefasste Einfahrt hoch, als sich die Haustür öffnete und Loulou-Oma heraustrat. «Beeilt euch», rief sie uns entgegen. «Der Braten ist schon geschnitten. Und heute habe ich Nüdeli dazu gemacht.»
Opa Georg hätte niemals erlaubt, dass es Nudeln als Beilage gab. Neumodisches Zeugs aus der Plastiktüte sei das und zu einem richtigen Braten gehörten allein Kartoffeln. Kartoffelgratin. Kartoffelsalat. Frühkartoffeln mit Butterflocken.

Nun war Opa Georg tot und eine Schüssel Nudeln dampfte in der Mitte des Tisches.

«Nudeln!», ruft Mutter und tunkt Brot in die Salatsauce. «Am Tag nach Opas Tod hat es weder Braten noch Nudeln gegeben. Und natürlich hat Loulou-Oma geweint. Du erinnerst dich falsch.»

Grossmutters richtiger Name ist Louise. Als Kind habe ich sie Loulou-Oma gerufen und der Name ist geblieben. Davon abgesehen ist alles, was Grossmutter ausmachte, im Verschwinden begriffen.

An einem Nebentisch fällt ein Glas zu Boden und zerbricht. Stühle werden hastig zurückgeschoben. Ein Kellner eilt mit Handschaufel und Bürste herbei.

Ich wechsle das Thema. «Hast du gewusst, dass Opa Wede in Amsterdam im Krieg war? Papa hat sein Dienstbüchlein gefunden.»

Wenn Mutter erstaunt das Kinn nach hinten zieht, bildet sich vor ihrem Hals eine unschöne Hautrüsche. Ich nehme mir vor, im Spiegel nachzuprüfen, ob ich diese Veranlagung zum Doppelkinn geerbt habe.

«Das kann nicht sein», sagt Mutter.

Wedes Dienstbüchlein sei schon lange verschollen, daran erinnere sie sich genau. Grossonkel Klaus sei all die Jahre nicht müde geworden, danach zu fragen. Wede aber habe darauf bestanden, dass es verloren gegangen sei, irgendwo im Osten, vor Sankt Petersburg oder Lettland.

«Du glaubst also nicht, dass er in Amsterdam war?»

Mutter zuckt mit den Schultern.

«Aber wieso sollte Papa mich belügen?»

«Soweit ich mich erinnere, hat dein Vater es mit der Wahrheit nicht immer sehr genau genommen», sagt sie. «Aber das war damals.»

Der Kellner, der das zerbrochene Glas zusammengefegt hat, bringt die Hauptspeisen an unseren Tisch. Die Fliege an seinem Hemdkragen sitzt schief.

«Wie war er so, Papa? Als Ehemann, meine ich.»
Mutter stellt das scharfe Öl zurück auf den Tisch, ohne ihre Pizza damit beträufelt zu haben.
«Ach komm, Teresa, das ist fast dreissig Jahre her.»
Ich verschränke die Arme vor der Brust.
Seufzend schliesst sie die Augen. Ihre Wimpern sind so lang wie mein Finger breit. Davon abgesehen ist Mutter eher unscheinbar. Sie hat ein paar Kilo zu viel auf den Rippen, um als schlank durchzugehen, und ihre Brille mit Goldrahmen lässt sie älter aussehen, als sie ist. Ihre Haare trägt sie ungefärbt und kurz. Was sie kauft, hält für immer. Das Konzept Brockenstube ist ihr suspekt. Wieso soll man Dinge weggeben, die noch brauchbar sind, fragt sie mich manchmal. All dem Firlefanz, antike Puppen und Weihnachtsschmuck und billige Ohrringe, kann sie nichts abgewinnen. Ihren Lebensunterhalt verdient sie als Praxishilfe beim Dorfdoktor. Sie trifft jede Rollvene beim ersten Stich und hat die Gabe, auch grossflächige Pflaster schmerzfrei von der Haut zu reissen. Nach der Trennung von Vater habe ich sie nie weinen sehen. Mit klaren Entscheidungen konnte sie immer schon gut leben.
Mutter schlägt die Augen auf.
«Er sah gut aus, dein Vater. Und er zog Menschen an wie ein Magnet. Alle konnten ihn auf Anhieb gut leiden. Er redete gerne und viel.»
Ich greife nach der Pfeffermühle.
«Aber?»
«Aber er hat es leider versäumt, über die wirklich wichtigen Dinge zu reden.»
Dies habe sie allerdings erst spät begriffen, da sei ich schon auf der Welt gewesen. Vater habe sich und seine Verletzungen mit einer Wand aus Worten geschützt.
Mutter schiebt das Messer zwischen die Zinken der Gabel und lächelt.
«Viel reden ist auch eine Art des Schweigens.»

Der Kellner zwängt sich zwischen den Tischen hindurch und schwenkt einen rauchenden Behälter. Es riecht nach verbranntem Kaffee. Gegen die Wespen, erklärt er nach links und nach rechts blickend. Seine Fliege sitzt noch immer schief.

«Wie auch immer», sagt Mutter, «das ist lange vorbei. Aber das hier ist neu. Hör zu. Ich habe kürzlich etwas bekommen, einen Brief von der Regionalbank.»

Also doch. Ich hatte mir das schon gedacht, dass Mutter etwas auf dem Herzen hat. Sie ist nicht der Typ, der für einen harmlosen Plausch ins Auto steigt und einfach so in die Stadt fährt. Für einen kleinen Schwatz würde sie zum Telefon greifen.

«Eigentlich ist der Brief an Loulou-Oma adressiert», fährt Mutter fort. «Aber seit sie im Heim ist, geht alle Post an mich. Die Bank schreibt, dass auf einem Konto seit Jahrzehnten keine Bewegung mehr stattgefunden habe und man höflich nachfrage, ob noch Verwendung bestehe, da die Gebühren für die Kontoführung den Saldo langsam, aber sicher aufbrauchen.»

«Und?»

«Das Konto lautet auf Opa Georg. Und es wurde ausschliesslich für die immergleiche monatliche Überweisung verwendet. Dreihundert Franken. Dahinter der immergleiche Betreff: Für M.»

«Für M.?», sage ich und drehe Spaghetti auf die Gabel. «Das kann alles Mögliche bedeuten.»

Mutter lacht trocken.

«Ach ja? Und was, zum Beispiel?»

Ich schlage ein Patenkind in Afrika vor. Oder eine Tierpatenschaft. Einen Storch.

«Dein Opa Georg», erwidert Mutter, «war der einzige Metzger weit und breit, der keinem Kind jemals ein Wursträdchen schenkte. Und der soll einen Storch durchgefüttert haben, oder ein Kind in Afrika?»

«Vermutlich nicht. Hast du Loulou-Oma gefragt?»
«Ich habe es versucht, aber sie behauptet steif und fest, sie habe keine Ahnung, wovon ich rede. Manchmal kommt ihr die Demenz ganz gelegen, glaube ich.»
«Glaubst du vielleicht, Opa Georg hatte noch irgendwo ein Kind? Mit einer anderen Frau?»
Die Spaghetti sind kalt geworden. Mir ist der Appetit vergangen.
«Keine Ahnung», sagt Mutter. «Gut möglich. Er hatte mal eine Angestellte, in den Siebzigern. Monika nannte sie sich. Hiess aber irgendwie anders. Ich habe den Namen vergessen. Die hatte ein uneheliches Kind. Wenn ich nur wüsste, was aus der geworden ist.»

MURIEL 1974, DORF MIT DEN ALTEN EICHEN

«Es ist verstimmt», sagte der Metzgermeister und drückte auf eine Taste, die einen Ton von sich gab, der klang wie zersplitterndes Glas. Auf dem Klavier stand ein leeres Bierglas mit eingetrocknetem Schaumrand.

Muriel blickte an Georg vorbei. Der Ton, auf dem er herumhämmerte, war ein a. Ein sehr hohes a. Als Kind hatte sie eine Weile Klavierunterricht genommen bei der alten Frau Weingärtner. Zu Emmas Bedauern hatte sie keinerlei Talent oder Freude an der Musik an den Tag gelegt.

Muriel horchte.

a – a – a – a

Zwischen den Tönen war nichts zu hören ausser dem Surren der Neonröhre über ihren Köpfen. Louise war bereits nach Hause gegangen. Lehrling Manuel war donnerstags in der Berufsschule.

Das Klavier stand zwischen der nackten Betonwand und einem Regal, auf dem sich Vakuumbeutel in verschiedenen Grössen, Grillschnüre, Küchengarn, Aufschnittzangen und Preisschildständer stapelten. Niemand, der den Lagerraum betrat, konnte Georg und Muriel sehen.

Sie waren allein.

Muriel war so nahe an Georg herangetreten, dass sie ihn riechen konnte.

Gallseife und Gauloises.

Ihr Herz klopfte. Nicht in der Brust, wo es hingehörte. Im Bauch. Im Hals. Sogar in den klammen Fingerspitzen. Als wäre es zerborsten und die Bruchstücke, durch Adern und Venen geschwemmt, zuckten nun im ganzen Körper.

«Georg», sagte Muriel und legte ihm die Hand auf die Schulter. Ihre Stimme war dünn wie Wachspapier.

Sie spürte seine Körperwärme durch die Fleischerjacke. Ohne seinen Finger von der Taste zu nehmen, legte er den Kopf in den Nacken. Sie sah die Sommersprossen in seinem Gesicht, deren Muster sie blind hätte nachzeichnen können. Er schloss den Deckel. Das Echo verhedderte sich in den Saiten im Innern des Klaviergehäuses.
«Na dann wollen wir mal», sagte er.

EMMA 1989, KLEEDORF

Nylonstrümpfe.

Wie abgelegte Schlangenhäute wanden sie sich durch das Innere des Kartons.

Emma Köhler-de Vries warf den Deckel zurück auf die Schachtel und blickte sich um. Ihre Tochter Muriel packte Hufmesser, Hufraspeln und Hufeisen-Abreisszangen in eine Kiste.

Nach Brunos Beerdigung hatten sie eine Annonce in der Zeitung geschaltet, doch niemand hatte Interesse an dem alten Werkzeug gezeigt. Nun würden sie es ins Auto laden, zum Werkhof fahren und dort in eine Mulde werfen.

Alles, was sie bis jetzt aus den Schubladen und Schränken gezogen hatten, gehörte in die Werkstatt eines Hufschmieds. Bürsten. Hufkratzer. Kartonboxen voller Nägel. Hufeisenrohlinge. Fette und Salben in von der Sonne vergilbten Plastiktöpfen. Aber Nylonstrümpfe? Emma blickte ratlos auf die Kartonschachtel, die sie hinten im Schrank gefunden hatte, der ansonsten nur Fachzeitschriften aus den Siebzigerjahren enthielt, Fachbücher über Tetrapoden, Hemden aus Leinen und Stoffhosen mit zahlreichen Aussentaschen an den Beinen. Auf dem Schachteldeckel klebte das Bild eines Hasen, aus einer Zeitschrift herausgerissen und mit Klebstreifen festgeklebt. Emma las den Text zum Bild.

«Schneehasen sind richtige Verwandlungskünstler: Im Sommer tragen sie einen braunen, im Winter einen weissen Pelz. In der Antike stand der Hase deshalb als Sinnbild für Lebenskraft, Wiedergeburt und Auferstehung.»

Emma hatte nicht gewusst, dass ihr Mann sich auch für andere Tiere interessiert hatte als für Pferde. Aber was hatte sie überhaupt von ihm gewusst?

Sie atmete tief ein und wieder aus. Es roch nach Leder. Zaumzeug und Sattel hingen seit Jahren ungebraucht an der Wand. Die gegerbte Tierhaut war trocken und an vielen Stellen gerissen, die Oberfläche sah aus wie ein monochromes Mosaik.

Sie stellte die Schachtel wieder an ihren Platz im Schrank.

Das Aufstehen bereitete Emma Mühe. Ihre rechte Hüfte fühlte sich taub an, als drücke ihr etwas auf den Nerv oder auf ein Blutgefäss. Gerade eben war sie noch jung gewesen und hatte bewundernde Blicke auf sich gezogen. Wegen ihrer schlanken Waden, wenn sie mit Bruno im Engadin wandern ging. Wegen ihres schläfrigen Blicks, der nun vom Grauen Star verschleiert war. Wo war die Zeit hingegangen? Sie hatte sich abgelagert auf ihrem Bauch, ihrer Taille, den Oberarmen. Jahr für Jahr eine dünne Schicht wie bei einer Mokka-Schnitte.

«Geht's?», rief Muriel und legte Zangen in den Karton zu ihren Füssen.

Emma winkte ab. «Alles goed.» Sie hasste diesen verständnisvoll-wässrigen Blick, mit dem ihre Tochter sie bedachte. Seit Bruno tot war, schauten alle sie so an. Die Verkäuferin in der Bäckerei. Die Arztgehilfin, bei der sie regelmässig den Blutdruck kontrollieren liess. Die Nachbarin mit dem fremdländischen Namen. Als würde Emmas Verhalten sich allein aus der Tatsache erklären, dass ihr Ehemann gestorben war. Wenn Emma wütend war, dann ganz bestimmt nur darum, weil ihr das Schicksal oder der liebe Gott so früh den Ehemann genommen hatte. War ihr ein Name entfallen oder ein Termin, dann lag der Grund darin, dass die Trauer um Bruno sie vereinnahmte. Und war sie gut gelaunt, konnte die einzige Erklärung dafür sein, dass sie Brunos Ableben verdrängte oder überspielte.

So war es aber nicht.

Emma war wütend, weil der Postbote nicht geklingelt hatte und sie mit schmerzender Hüfte zur Post laufen und Schlange stehen musste, um die bestellten Stützstrümpfe abzuholen. Emma vergass Namen und Termine, weil sie den Kopf bei anderen Dingen hatte, etwa bei der Frage, ob sie zurück in die Niederlande ziehen oder weiter hier bei Tochter und Enkel bleiben sollte. Manchmal vergass sie Dinge auch nur, weil sie älter wurde. Und gut gelaunt war Emma zuweilen ganz einfach, weil das Leben auch seine schönen Seiten hatte. Etwa die Tulpen in den Rabatten, die den Weg zu Brunos Werkstatt säumten und die ihre Kelche Tag für Tag ein Stück weiter öffneten, bis die Blütenblätter sich zu Boden krümmten wie die Rücken von Turnerinnen.

So einfach war das. Mit Bruno hatte das nichts zu tun.

Es war nicht so, dass ihr sein Tod gleichgültig war. Sie waren zweiundvierzig Jahre verheiratet gewesen, hatten zusammen eine Tochter grossgezogen. Der Pfarrer, der fast so lange im Dorf amtete, wie ihre Ehe gedauert hatte, sagte ihr beim Vorbereitungsgespräch für Brunos Abdankungsfeier, dass er sie beide um ihre Beziehung benieden habe, die von Streitereien und Krisen verschont geblieben sei. Emma hatte genickt. Mit Ausnahme dieser schrecklichen Monate Ende der Fünfzigerjahre, als Bruno sie betrogen hatte, war ihre Ehe frei von Tiefschlägen gewesen. Allerdings auch frei von Höhenflügen.

Sie war stets freundlich zu ihrem Mann gewesen, hatte ihm geantwortet, wenn er sie etwas fragte. War er krank, kochte sie ihm Lindenblütentee. Hatte er Geburtstag, buk sie einen Speckgugelhopf, weil er Süsses nicht mochte. Emma legte Wert darauf, dass Muriel ihm zum Vatertag eine Zeichnung anfertigte und dass an Weihnachten ein Geschenk für ihn unter dem Weihnachtsbaum lag. Meist ein Hemd oder Handschuhe. Waren sie allein, sprachen sie über ihr Kind, über die Hufschmiede, über die Nachbarn.

Meist aber schwiegen sie.

Griff er nach ihrer Hand oder versuchte er sie zu umarmen, entzog sie sich ihm. Forderte er nachts ihre ehelichen Pflich-

ten ein, was selten genug vorkam, löschte sie das Licht und stellte sich vor, es sei Cees, der da auf ihr lag.
Sie sah, dass Bruno litt, und empfand Genugtuung. Anfangs zumindest. Dass sie selbst auch litt, realisierte sie erst später. Sie hatte den Schmerz der Betrogenen ausgetauscht gegen ein anderes Gefühl. Eines, das nicht alles in ihr zum Bersten brachte, sondern nur leise an ihr nagte. Am Ende war die Zerstörung die gleiche gewesen.
Es war ein Gefühl der Kargheit und des Hungers.
Die letzten Wochen, als Bruno im Spital gelegen hatte und Maschinen über ihn wachten, für ihn das Essen und später auch das Atmen übernahmen, hatte sie sich oft gefragt, ob sie falsch gehandelt hatte.
Bruno hatte gelitten. Im Sterben. Und im Leben auch.
Sie war weich geworden, dort am Krankenbett, hatte eine Liebe gespürt für Bruno, die Jahrzehnte verschüttet gewesen war. Sie hatte seine Hand gehalten. Das erste Mal seit so Langem, dass sie sich nicht an das letzte Mal erinnern konnte. Mit erst achtundsechzig Jahren war er genauso still und leise gestorben, wie er gelebt hatte.

Emma winkte ihrer Tochter zu, die rückwärts aus der Einfahrt fuhr. Das Auto verschwand hinter den Buchenhecken. Erneut drehte sie den Lichtschalter der Werkstatt. Staub waberte durch den Lichtkegel der alten Funzel und erinnerte an einen Schwarm Stare, der vor dem Dorf über die Äcker flog und auf unsichtbare Zeichen hin die Richtung änderte. Emma gab sich einen Ruck und durchquerte den ungeheizten Raum bis zum Schrank. Ihr Kopf streifte die Arbeitskleider, die über ihr an der Stange hingen, als sie nach der Schachtel griff. Sie roch Pferd. Wonach hatte Bruno gerochen? Emma versuchte sich zu erinnern. Es gelang ihr nicht. Sie warf die Nylonstrümpfe neben die Schachtel und besah sich den Rest des Inhalts. Ein Kleid aus dunkelgrüner Seide, gerafft an der Taille, der Ausschnitt tief, umspielt von einer gestickten Borte. Ein Hut aus schwarzem Filz mit einem zum Kleid passenden dunkelgrünen Repsband. Ein gehäkeltes Dreieckstuch. Eine Handtasche, gerade gross genug für ein Flakon Parfum, eine hübsche silberne Dose mit eingetrocknetem Rouge und zwei goldene Ohrclips in der Form kleiner Muscheln.

Niemals wieder, hatte sie sich damals geschworen. Niemals wieder sollte er sie so verletzen können. Wie dumm war sie gewesen, dass sie mit Anfang dreissig tatsächlich gedacht hatte, sie könne wissen, was in ihrem Leben «nie» und was «immer» geschehen würde. Dieses Recht war allein den Alten vorbehalten. «Nie» und «immer» konnte man nicht in die Zukunft hinein, sondern nur in der Rückschau beurteilen.

Emma warf die Frauenkleider zurück in die Schachtel, knallte den Deckel darauf und riss das Bild des Hasen ab. Der Fotograf hatte ihn im Sprung festgehalten. Jeder Muskel im Körper angespannt. Die Ohren waagerecht nach hinten gelegt. Die Augen aufgerissen. Warum ein so feiges Tier für Lebenskraft stehen sollte, war Emma schleierhaft.

Wer floh, entkam Gefahren, klar, im besten Fall sogar dem Tod. Anderseits wusste sie aus Erfahrung, dass das ewige Ducken und Davonrennen Kraft und Lebenszeit kostete. Man war zwar nicht tot, aber auch nicht mehr lebendig.

Emma war ihr ganzes Leben lang geflohen. Erst vor der Tatsache, dass Cees tot war, dann vor dem Geschwätz der Kleedörfler und zu guter Letzt vor Bruno. Eine Scheidung wäre undenkbar gewesen. Innerlich aber hatte sie ihn verlassen, war davongerannt, weit weg in die Vergangenheit.

Emma stopfte die Kiste in den Müllsack, den Muriel mit Klebestreifen an der Werkbank befestigt hatten. Ihre Tochter würde hier allein weitermachen müssen. Sie hatte nicht vor, jemals wieder einen Fuss in die Werkstatt zu setzen. Sie gehörte nicht hierher.

Wer hatte sich neben Bruno hier wohlgefühlt? Wer war sie gewesen, diese grosse Frau, die Bruno ihr Kleid hinterlassen

hatte, ihre Nylonstrümpfe? Eine aus dem Dorf? Eine von ausserhalb?
«Nie mehr», sagte Emma zu sich selbst und trat hinaus auf den Vorplatz mit den schmiedeeisernen Ringen an den Mauern. Dort setzte sie ein beiläufiges Lächeln auf.
Man konnte nie wissen, ob man von irgendwoher beobachtet wurde.

TERESA 2022, STADT

Die Zeit hat die Formen dunkelbraun und matt werden lassen. Gugelhupfe in unterschiedlicher Grösse. Ein gekrümmter Fisch für Kuchen oder Pudding. Eine Kuchenform mit eingearbeiteter Birne. Ich drücke einen Spritzer Sigolin aus der Tube und reibe es mit einem schwarz gefleckten Lappen auf den Fisch. Leuchtendes Kupfer kommt unter der Oxidationsschicht zum Vorschein. Ich rubble und reibe ab, bringe zum Vorschein, was verborgen war. Im Licht, das durch die staubigen Fenster der Brockenstube fällt, glänzen die Backformen wie neu.

So etwas bräuchte es auch für Menschen und ihre Geschichten.

Ein Mittel, das alle Trübungen, all die blinden Flecken entfernt.

Die Ladentür fällt ins Schloss. Ein Kunde hält sich an der Klinke fest, sein Blick schweift ziellos durch die Brockenstube. Ein Zögerer mit Fluchtreflex. Ich reibe mir die Hände an der Hose ab und gehe auf ihn zu.

«Kann ich Ihnen helfen?»

Der Mann streicht sich das Haar aus der Stirn. Im Licht der Funzeln leuchtet es golden. Er hat rosige Haut und lange Koteletten, trägt Jeans, einen geflickten Wollpullover und eine Brille mit Metallgestell. Seine Füsse stecken in Stiefeln mit gelber Naht. Das schwarze Leder ist abgeschossen und brüchig. Er ist zu dünn, um sportlich zu sein, und so lang, dass er einen Buckel macht, um kleiner zu wirken. Sein Lächeln aber scheint das Zaghafte seiner Körperhaltung wettmachen zu wollen. Es zieht sich übers ganze Gesicht. Ich kann nicht anders, als es zu erwidern.

Mit nur drei Schritten ist er bei mir.

«Ich suche einen Schrank», sagt er und klingt wie ein Radiomoderator im Spätabendprogramm. Seine Stimme ist angenehm, ohne glatt zu wirken. Als reibe sich seine Atemluft bei jedem Wort über den Adamsapfel, der sich deutlich unter der rasierten Haut seines Halses abzeichnet. Über seine Oberlippe zieht sich eine Narbe, verschwindet im linken Nasenloch. Die Überreste einer Lippen-Kiefer-Gaumenspalte. Er hält mir die Hand hin. Wie alt er wohl sein mag? So wie ich ungefähr, schätze ich.
«Alioth.»
Ich bin irritiert. Es kommt selten vor, dass sich Kunden mit Namen vorstellen. Zudem ist mir nicht klar, ob es sich bei Alioth um einen Vor- oder Nachnamen handelt.
«Teresa», antworte ich vorsichtig. Seinem Strahlen entnehme ich, dass ich richtig getippt habe.
Im hinteren Teil der Brockenstube stehen eine Handvoll schlichte Kleiderschränke vom Möbelschweden. Daneben ein grün bemalter Bauernschrank, eine Reihe Küchenbuffets und dahinter ein paar schwere Exemplare aus Walnuss- oder Kirschholz.
«Was für ein Schrank soll es denn sein?»
Er dreht sich einmal um die eigene Achse, schaut sich um im Laden. Die goldenen Haare ein Lichterkranz. Ein Leuchtturm, der nach einem Schiff Ausschau hält, das an den Klippen zu zerschellen droht. Sein Gesicht hellt sich auf.
«Einen wie diesen da.»
Er schiebt sich zwischen zwei Bauernkommoden hindurch und bleibt vor meinem Schrank stehen, rüttelt an der Tür mit dem abgebrochenen Schlüssel.
«Der ist nicht verkäuflich», rufe ich. «Ich meine, der ist leider schon reserviert.»
«Schade. Genau so einen suche ich. Meine Mutter, musst du wissen, hat immer von einem Barockschrank erzählt. Einem aus dunklem Holz mit goldenen Schlössern. Darin hat sie sich versteckt als Kind. Wenn die Fremdenpolizei kam.»

«Deine Mutter ist Italienerin?»
«War.»
Alioths Grosseltern, beide geboren in Livorno, hätten in den Fünfzigern in der Schweiz gearbeitet. Als Saisonniers. Strassenbau und Haushaltshilfe. Hätten ihre kleine Angela irgendwann einfach mitgenommen. In die Fremde. Neun Monate ohne Kind, das müsse man sich mal vorstellen, das sei nicht auszuhalten gewesen. Hätte man sie erwischt, wären sie ausgewiesen worden. Im Schrank habe sie sich sicher gefühlt, seine Mutter. Da habe ihr niemand etwas antun können. Sie sei vor einem halben Jahr gestorben. Krebs. Seit ihrem Tod habe Alioth sich in den Kopf gesetzt, so einen Schrank zu kaufen. In Erinnerung an sie. In Erinnerung an die Sicherheit, die sie ihm gewesen sei.
Er dreht sich zu mir um. Seine Augen haben die dunkle Farbe meines Schranks.
«Tut mir leid wegen deiner Mutter. Aber den Schrank kann ich dir nicht verkaufen.»
«Könnte ich mit dem Käufer Kontakt aufnehmen?», fragt er. «Vielleicht überlässt er ihn mir, wenn ich ihm ein gutes Angebot mache.»
Er streicht über die Risse im Furnier. Seine Finger sind lang, die Nägel gepflegt. Es scheint, als hätte er einen Sinn für die Schönheit des Beschädigten.
Der Mann gefällt mir, ich weiss nicht, weshalb. Ich sage ihm, dass er mir seine Telefonnummer hinterlassen solle. Wenn der Käufer mit sich reden lasse, rufe er vielleicht an.
Dabei gibt es keinen Käufer.
Es gibt nur mich. Er schreibt mir seine Nummer auf.
«Wie war der Name noch mal?»
«Alioth.»
«Ist das Italienisch?», frage ich und schreibe den Namen zur Nummer.
Das Geräusch, das er macht, ist eine Mischung aus Stöhnen und vergnügtem Glucksen.

«Nein. Es ist der Name eines Sterns», sagt er. «Meine Mutter war besessen von Sternen und Astrologie. Na ja, es ist ein bisschen peinlich. Aber ich heisse wie der hellste Stern im Sternbild des Grossen Wagens und bin mein Leben lang dazu verdammt, allen Leuten meinen Namen zu erklären.»
Ich lache.
«Das tut mir leid. Hat dein Vater kein Veto einlegen können?»
Er winkt ab. Seine Mutter sei alleinerziehend gewesen. Der Vater Polizist und schon tot, bevor sie ihm sagen konnte, dass er einen Sohn bekomme.
Erneut sage ich, dass es mir leidtut. Ich klinge wie eine kaputte Schallplatte.
«Das muss dir nicht leidtun. Meine Mutter war Rezeptionistin in einem Hotel in der Innenstadt, der alten Hasenburg. Weisst du, wo die war? Gibt's schon Jahre nicht mehr. Dort bin ich aufgewachsen. Es hatte genug Leute um mich herum, die auf mich achtgaben und mich verwöhnt haben. Zimmermädchen, Köchinnen, Gäste. Ich war gut aufgehoben.»
Er läuft hinter mir her in den Eingangsbereich der Brockenstube und bleibt vor der Standuhr stehen. Das Ticken des Sekundenzeigers nimmt deutlich weniger Raum ein als die Stille dazwischen.
Überall klaffen Löcher. Sogar in der Zeit.
Ob ihm der Vater nie gefehlt habe? Falls ihm die Frage zu persönlich ist, lässt er es sich nicht anmerken. Ich sehe sein Gesicht im Zifferglas.
Alioth findet meinen Blick in der Spiegelung und lächelt mir zu.
«Nein. Ich habe mich immer auf das konzentriert, was ich hatte. Und nicht auf das, was mir fehlte.»

FRANK 1960, REBDORF

Auf dem Heimweg von der Schule hatte er gesungen. Er sang auch noch im Hausflur, wo er Schuhe und Jacke auszog. Aber dann rief Vater, der in der Küche auf der Eckbank sass: Halt den Mund.
Der Vater sang nie und sprach nur wenig.
Mach das Licht aus.
Nicht jetzt.
Runter vom Rasen.
Sätze wie Zaunpfähle, innerhalb derer das Schweigen weidete.
Frank hatte es versucht. Den Mund zu halten. Aber während er seine Hausaufgaben machte, war ihm das Lied im Kopf herumgespukt wie nachts die Mümmlein im Dorf. Und so war es ihm, wie er so gebeugt über das Aufgabenheft sass, aus dem Mund geschlüpft.
«O, du lieber Augustin.
Alles.
Ist.
Hin.»
Und dann war es kurz darauf heiss in ihm aufgestiegen, als der Vater mit dem Kleiderbügel auf seinen Hintern eindrosch. Heiss aus dem Bauch, aus der Brust, hoch in den Kopf. Angst und Scham miteinander verschmolzen, Gefühlslava, die einen Ausweg suchte aus ihm heraus und ihm zäh in den Mund floss, wo sie nach Salz schmeckte. Fest hatte er die Lippen aufeinandergepresst, da war ihm die Lava von hinten an die Augäpfel gestossen, flüssig wie Wasser. Da hatte er die Augen zusammengekniffen, worauf die Lava unter seiner Haut erlahmte und allmählich erkaltete. Und er mit ihr.

Frank wurde zu Stein.
Granit, im besten Fall.
Dann konnte der Vater ihn in den Steinbruch bringen und etwas Richtiges aus ihm machen lassen.
Ein Denkmal.
Einen Grabstein.
Fassadenverkleidung.
Oder der Vater konnte ihn in die Luft sprengen.
Der Anfang war gemacht. In Franks Brust war es hart und schwer. Wie eine Kirsche oder eine Pflaume trug er einen Stein in sich, der mit jeder Vatereruption wuchs.
Frank begann, das weiche Fleisch abzuknibbeln, das um den Stein herum lag. Am einfachsten ging es an den Fusssohlen, an der Ferse und an den Fingerbeeren links und rechts vom Nagel. In der Badewanne, wenn er vom Wasserdampf aufgeweicht war, konnte er sich Haut von den Schultern kratzen und von der Kopfhaut. Von den Lippen zog er sich Fetzen, vor allem im Winter, wenn sie trocken waren und rissig. Was er mit Fingernägeln und Zähnen von sich riss und abkaute, ass er auf. Er schmeckte nach nichts. Was nach nichts schmeckte, war nichts wert. Das hatte Frank vom Vater gelernt, wenn der im Garten Scheinerdbeeren ausspuckte, die ihn mit ihrer roten Farbe getäuscht hatten.
Scheinfrucht.
Heimfurcht.
Seinfurcht.
Gelänge es Frank, den Stein in seiner Brust freizulegen, konnte ihn der Vater in seinem Garten setzen. Dann würde etwas Schönes aus ihm wachsen.
Ein prächtiger Apfelbaum.
Eine aufrechte Zwetschge.
Der Vater wäre zufrieden mit ihm, würde ihn hegen und pflegen und an Sonntagnachmittagen vor Besuchern mit ihm prahlen.

Nach der Prügel hatte ihn der Vater aufs Zimmer geschickt. Im Bett liegend konnte Frank die Schwester hören, wie sie mit einem Stein auf den Vorplatz klopfte. Vermutlich mörserte sie einen Marienkäfer klein oder einen Regenwurm. Zäh vergingen Minuten, vielleicht Stunden. Draussen schlug Franks Schwester Insekten tot, innen schlug er die Zeit tot. Irgendwann huschte die Mutter zu ihm ans Bett. Vermutlich hatte sie abgewartet, bis der Vater hinaus in den Garten ging.

«Er meint es nicht böse, mein Schatz», sagte die Mutter und strich die Bettdecke glatt.

«Aber jemandem weh tun ist doch böse», antwortete Frank. Die Mutter strich weiter über die Bettdecke, obwohl diese längst faltenfrei sein musste.

«Dein Vater war im Krieg, vergiss das nicht.»

Frank fragte sich, ob das eine Erklärung oder eine Entschuldigung oder beides sein sollte. Die Mutter setzte sich auf den Stuhl neben dem Bett und faltete die Hände im Schoss wie zum Gebet. Frank hätte ihr gern gesagt, dass sie sich ihre Gebete sparen könne, weil der grauäugige Gott kein Gehör für sie habe. Aber er getraute sich nicht.

«Er hat dort schlimme Dinge erlebt», sagte die Mutter.

«Was denn?»

Die Mutter lächelte. Nur mit dem Mund. Die blankgeregneten Augen blieben dunkel. Draussen klopfte der Vater die Gummistiefel an der Hausecke sauber. Die Mutter würde die braunen Schollen wegwischen müssen. Erdhautschuppen.

«Er ist ein Kriegsheld», sagte sie und stand rasch auf.

WEDE 1943, AMSTERDAM

Er konnte die Witze schon hören. Die Kameraden würden Wede Hodapp mit derselben Präzision zerlegen wie ihre Walther bei der Waffeninspektion. Oberleutnant Klose hatte ihm gerade einen Vorgeschmack gegeben. Zu dumm zum Scheissen sei er. Ein Weibsbild im Soldatenrock. Nein, ein Weibsbild würde der deutschen Wehrmacht weniger Schande machen. Während seiner Tirade hatte Klose an seinem Schreibtisch beim Fenster gesessen. Die gewichsten Stiefel, die unter dem Tisch hervorlugten, und die mit Brillantine gebändigten Haare glänzten im Nachmittagslicht. Der Himmel zwischen den Häuserschluchten leuchtete so blau, als lägen mehrere Himmel übereinander. Auf dem Fenster klebte ein diagonales Kreuz aus Klebeband. Es verhinderte, dass Glasscherben durch die Luft flogen, wenn Bomben explodierten. Wede wünschte sich ein solches Klebebandkreuz über der Brust, damit ihm das Herz nicht zerbarst. Vor Angst.

Der Klose las ihm den Verlegungsbefehl vor. Die Wehrmacht brauchte Verstärkung bei der Belagerung von Leningrad. Während deutsche Divisionen aus Süden und Osten vorrückten, stiessen verbündete finnische Truppen von Norden vor. Der Iwan leistete erstaunlichen Widerstand. Der musste gebrochen werden. Wede würde bis ins westpommerische Stettin in Zügen und dort im Geleitzug mit Schiffen über die Ostsee nach Russland gebracht werden. Dort würde er kämpfen. Gegen den Iwan. In drei Tagen hatte er sich mit Sack und Pack am Hauptbahnhof einzufinden.

Wede hatte den singenden Bäcker erschossen. Ein Passant hatte das Geschehen durchs Schaufenster beobachtet und ihn gemeldet. Der Zeuge hatte anscheinend einen gewissen

Einfluss in der Stadt, der Befehl zu seiner Verlegung war von oberster Stelle gekommen. SS-Führer Rauter persönlich hatte Klose unterrichtet, dass Wede zur Rechenschaft zu ziehen sei. Wäre der singende Bäcker Jude gewesen, wäre er ungeschoren davongekommen.

Klose war wütend. Die Verfehlungen seiner Männer fielen auf ihn zurück.

Klose wollte bei allem, was er tat, hoch hinaus.

Vor dem Krieg als Bergführer an der Zugspitze.

Jetzt als Zugpferd Hitlers an die Spitze aller europäischen Völker.

«Was glaubst du, wie lange du überleben wirst, dort im Osten?»

Kloses Augen waren blau. Als hätte er zwei Löcher im Kopf, durch die der Himmel zu sehen war.

«Ich weiss es nicht.»

Wedes Stimme war kaum mehr als ein Flüstern.

«Ich kann dich nicht hören, Soldat.»

«Ich weiss es nicht», wiederholte Wede lauter.

Klose erhob sich vom Sessel, stützte sich auf die Tischplatte. Ein Raubtier, zum Sprung bereit. Sein Gesicht schob sich um die Länge seines Oberkörpers an Wede heran, der dem Drang widerstand, zurückzuweichen.

«Ich will es dir sagen, Soldat.» Klose lächelte. Oder er fletschte die Zähne. So genau konnte Wede das nicht sagen.

«Hast du eine Ahnung, wie lange ein Hase im Fuchsbau überlebt?»

Wede schüttelte den Kopf.

«Abtreten», bellte Klose.

Woher er die Kraft nahm, den Arm in die Luft zu reissen und die Fersen zusammenzuschlagen, wusste er nicht.

«Heil Hitler», rief er und es klang so kläglich, dass er Kloses Lachen noch hören konnte, nachdem er die Tür hinter sich geschlossen hatte und im Treppenhaus Stufe für Stufe nach unten taumelte.

Was seine Kameraden anging, hatte Wede sich getäuscht. Er musste sich keine Hänseleien anhören. Niemand spottete über ihn und seine Verlegung. Ob Wede hier war oder dort, es machte für sie keinen Unterschied.
Die Stunden verstrichen, ohne dass er im Nachhinein hätte sagen können, wie er sie verbracht hatte. Er ass. Er tat, was ihm befohlen wurde. Er lag im Bett und wälzte sich im Rhythmus seiner Gedanken. In der Abenddämmerung heulten die Sirenen. Die Stadt wimmerte. Und Wede mit ihr.
Nun holte ihn das Mümmlein also doch noch. Warum hatte es ihn nicht dahingerafft, damals, als er mit Masern im Bett gelegen hatte? Wollte es ihn leiden sehen? Bitte sehr, er litt. Und wie er litt. War das noch nicht genug? Musste er dem Tod nun auch noch entgegenreisen?
Die Mutter hatte ihm einst erzählt, dass im Osten die Sonne aufgehe und diese Himmelsrichtung deshalb für die Auferstehung, ja für Jesus selbst stehe. Schliesslich hatte der Heiland von sich selbst gesagt, er sei das Licht der Welt und wer ihm nachfolge, werde die Finsternis überwinden. Wo also Licht war, war auch Jesus. Als Kind hatte Wede sich vorgestellt, dass Jesus hinter der Hornigsrinde und dem Mummelsee in einem Wolkenpalast wohnte, der Frau Holle gleich, irgendwo hinter dem Schwarzwald, wo das Tannendunkel zum Nachthimmel hin ausfranste, wenn er frühmorgens die Fensterläden seines Schlafzimmers aufstiess.
Nun wusste er es besser.
Der Osten stand nicht für Auferstehung, sondern für Tod.
Falls Jesus tatsächlich dort war, lag er nicht im Schlafzimmer seines Wolkenpalasts, sondern in einem Schützengraben vor Leningrad.
Bald würde Wede neben ihm liegen.
Vermutlich würde dem Heiland ein Bein fehlen. Oder die Arme. Vielleicht hätte es ihm den Bauch aufgerissen und sein Gedärm läge verknotet neben ihm. Es könnte ihn gar so arg getroffen haben, dass er in mehr Einzelteilen zerlegt und

verstreut war, als ein Dominospiel Steine hat. An eine Auferstehung war somit aus rein körperlichen Gründen diesmal nicht mehr zu denken. Damals war er ja, abgesehen von ein paar Nagellöchern und einem Lanzenstich an der Seite, recht unversehrt geblieben.
Stell dir vor, es ist Auferstehung, und keiner geht hin.
Weil keiner mehr in der Lage ist, zu gehen.
Wede würde also nach Osten ziehen. In den Tod.
Vielleicht war das gut so. Wo sollte er denn auch hin nach dem Krieg? Nach Hause in den Schwarzwald? Mitansehen müssen, wie die Mutter sein Foto vom Kamin nahm? Enttäuscht, weil er ihre Erwartungen nicht erfüllt hatte, als Kriegsheld zu sterben? Nein. Das wollte er nicht. Eine Wahl hatte er nicht wirklich. Er musste in den Osten. Das war ein Befehl. Dort würde ihn eine feindliche Kugel treffen, früher oder später. Ausser, er desertierte. Dann würde ihn eine freundliche Kugel treffen.
Feindliche Kugel. Heldenhafter Tod.
Freundliche Kugel. Schmachvoller Tod.
Und alle, ob Held oder Feigling, verrotteten am Ende in derselben Erde und unterschieden sich in nichts mehr voneinander.
Wede packte seine Sachen.
Mütze, Drilchanzug, Mantel, Kragenbinde, zwei Hemden, zwei Unterhosen, ein Paar Strümpfe, Schnürschuhe, Fingerhandschuhe, Kopfschützer, Feldhandtuch, ein Taschentuch, ein paar Hosenträger, Leibriemen, Mantelriemen, Zeltausrüstung, Kochgeschirr, Essbesteck und Fettbüchse, Feldflasche, Patronentasche, Soldbuch. Was er sonst noch brauchen würde an der Front, würde er dort ausgehändigt bekommen. Einen Stahlhelm. Mehr Strümpfe. Einen Karabiner.
An der Tür drehte er sich um. Der Lichtsteiger und der Denzler lagen auf ihren Betten.
«Auf Wiedersehen», sagte Wede.

«Na dann», antwortete Willi Denzler, ohne von seiner Zeitung hochzublicken.
Der Lichtsteiger blieb stumm. Die Mütze tief ins Gesicht gezogen lag er mit verschränkten Armen auf dem Rücken. Er schien zu schlafen. Kaum jedoch hatte Wede die Zimmertür hinter sich geschlossen, hörte er die beiden lachen.
Auf dem Weg zum Bahnhof kamen Wede in den engen Gassen Pferdefuhrwerke und Militärlastwagen entgegen. Er musste sich mehrmals gegen die Hausmauer drücken, um sie vorbeizulassen. Über den Grachten hing Nebel, so fein wie die Strümpfe, die Emma bei der Arbeit getragen hatte.
Emma.
Ehe er es sich versah, hatten seine Füsse den Weg zur Bäckerei eingeschlagen. In einer Gasse, in der kaum zwei Fahrräder kreuzen konnten, trieben Kinder lachend und stockschlagend einen Reifen vor sich her, der immer wieder an vorstehende Pflastersteine stiess und zur Seite kippte. Zwei in ein Gespräch vertiefte Männer traten zur Seite, um den Reifen durchzulassen. In einem Fenster sass eine Alte und kaute auf ihrem zahnlosen Unterkiefer herum. Hinter ihr am Kochherd eine jüngere Frau, die Tochter vielleicht. Sie rührte in einem Topf und redete, gestikulierte mit dem Kochlöffel. Die Alte lachte. Die beiden sahen glücklich aus, Mutter und Tochter.
Wede erinnerte sich an früher, an die in schwarzes Leder eingefassten Gesangsbücher, die in der Dorfkirche neben der schweren Tür im Regal gestanden hatten. Jeden Sonntag hatte er auf der Holzbank gesessen, das Gesangsbuch auf der Seite aufgeschlagen, die der Pfarrer ausgerufen hatte. Wede konnte keine Noten lesen. Doch er wusste, dass die Phrasierungsbögen die Noten zusammenhielten und dass die Schnörkel zwischen den Notenlinien Pausen darstellten.
Der Krieg war ein Phrasierungsbogen, der Jahre und ganze Kontinente überspannte. Dazwischen aber gab es Pausen, in denen man Atem holen konnte.

Wede war in eine solche Pause geraten.
Er bog ab in die Sternstraat. Schon von Weitem konnte er sehen, dass vor der Bäckerei Blumen lagen. Erika und Christrosen.
Die Tür der Bäckerei war zugesperrt, im Inneren war es dunkel.
Er lief um das Gebäude herum. Die Mauern des Innenhofs waren mit Kletterpflanzen überwuchert. In der Mitte stand ein Klohäuschen mit verwitterter Holztür.
«Zoekt u iets?»
Über Wedes Kopf lag ein Fenstersims, darüber wogte der ausladende Busen einer Frau mittleren Alters.
«Ich wollte nur …» Wede zeigte auf die Hintertür der Bäckerei.
«Die ist geschlossen», rief sie. Ihr Deutsch war beinahe akzentfrei. «Der Inhaber ist tot. Wurde letzte Woche erschossen.»
«Danke.»
Wede und scharrte mit dem Stiefel im Kies. Er hatte gehofft, noch einen letzten Blick auf Emma zu erhaschen. Auch wenn sie ihn ganz bestimmt nicht mehr sehen wollte.
Für sie war er nicht mehr Wede.
Er war nun der Deutsche.
Der Feind.
Der Mörder.
Das Recht auf einen Namen hatte er verwirkt.
Er hob grüssend die Hand und wandte sich zum Gehen.
«Seine Frau ist völlig fertig», schwatzte die Frau. «Hat alles mitansehen müssen, das arme Ding.»
Seine Frau.
Emma war die Frau des singenden Bäckers, natürlich.
Der Ehering.
Die Blicke, die Emma dem singenden Bäcker zugeworfen hatte, kurz bevor der Schuss fiel.
Wede hatte ihr das Liebste genommen.

Das passierte ihm nicht zum ersten Mal.
Einst hatte er der Mutter die Tochter genommen.
Nun der Ehefrau den Gatten.
Und so würde es weitergehen, sobald er im Osten ankam. Er würde jemandem den Vater erschiessen. Den Bruder. Den Liebsten. Für ein paar Meter Land. Ein paar wollene Handschuhe. Einen Laib Brot oder ein Hühnerei.
Wede drehte sich um, verliess den Innenhof und kehrte zurück auf die Strasse. Er musste sich beeilen. Sein Zug fuhr in dreissig Minuten. Er marschierte durch die Plantage Middenlaan und an der Joodse Schouwburg vorbei, wo man die Juden für den Abtransport sammelte. Wede hatte davon gehört. Von hier aus brachte man sie weg. Nach Auschwitz-Birkenau. Bergen-Belsen. Mauthausen. Namen, denen etwas Märchenhaftes anhaftete, als wären sie den Federn der Gebrüder Grimm entsprungen. Doch mit diesen Orten war es wie mit dem Osten. Man hoffte, dass es dort nicht so schlimm war, wie hinter vorgehaltener Hand gemunkelt wurde, nur um dann festzustellen, dass die Wahrheit die schlimmsten Geschichten bei Weitem übertraf.
Die Juden würden sterben. Wede wusste das. Alle wussten das.
Wede würde ebenfalls sterben. Auch das wusste er.
Er stolperte in eine Seitengasse, setzte sich auf eine Türschwelle und lehnte den Kopf an die Backsteinmauer, die der Novemberwind abgeleckt hatte. Sie war feucht und kalt. Der Lärm der Stadt war hier nur mehr ein Flüstern.
Eine grosse Müdigkeit hatte Wede befallen. Wieso musste er Tausende von Kilometern reisen für etwas, das er auch hier und jetzt erledigen konnte?
Sie wollten, dass er starb?
Bitte sehr, dann starb er eben.
Er löste seine Walther aus der Ledertasche. Acht Patronen schliefen im Magazin. Er musste nur den Lauf an den Mund führen und sie wachküssen.

Die Acht, auch das hatte ihm die Mutter erklärt, stehe im Christentum für den Neubeginn und Unendlichkeit. Es sei die Zahl der Auferstehung.
Und wieder konnte er dort, wo die Mutter Auferstehung vermutete, nur den Tod sehen.
Wede schloss die Augen.
Er entsicherte die Waffe und krümmte den Zeigfinger bis zum Druckpunkt. Er schmeckte das Metall und das Fett, mit dem er den Lauf geschmiert hatte.
In Gedanken zählte er von acht rückwärts.
Bei drei legte er die Walther neben sich auf die Türschwelle, schob seinen Kopf zwischen die Knie und greinte.
Der Klose hatte recht gehabt. Er war ein Weibsbild im Soldatenrock.
Nicht einmal sterben konnte er wie ein Mann.
Ach, käme doch einer vorbei und würde ihm den Garaus machen. So etwas kam vor in diesen Tagen. Meist waren es Widerständler, die deutsche Soldaten niederstreckten. Das Hotel Oranje, ein Gefängnis in Scheveningen, war rappelvoll mit Frauen und Männern, nicht selten Studenten, die im Untergrund gegen die Deutschen aktiv gewesen waren. Kommunisten. Die führte man in die Dünen. Was danach mit ihnen geschah, ob man sie ins Meer warf oder an Ort und Stelle verscharrte, wusste Wede nicht. Das Einzige, was von ihnen blieb, waren ihre Namen, die in grossen Lettern auf Litfasssäulen prangten und von ihrem Tod kündigten. Man sollte nur noch von ihrem unrühmlichen und frühen Ende sprechen, nicht von ihren Taten. Die Idee war gut gewesen. Nur hatte sie nicht funktioniert.
Die Geschichten verbreiteten sich flüsternd und raunend in der Stadt, leicht und flüchtig wie Gas.
Auch Wede waren sie zu Ohren gekommen. Im Februar hatten zwei Männer an der Tür des Generals Hendrik Seyffardt geklingelt, Kommandant der Freiwilligen Legion, die als Unterorganisation der Waffen-SS Niederländer für den Kampf

an der Ostfront warb. Der General selbst hatte die Tür geöffnet. Ob er Seyffardt sei? Als er bejahte, schossen die Männer und flüchteten. Nur wenige Tage zuvor war ein Attentat auf den Amsterdamer Generalstaatsanwalt Jan Feitsma verübt worden. Feitsmas Unterschrift stand unter vielen Schildern mit der Aufschrift «Für Juden verboten». Der Attentäter, ein ehemaliger Medizinstudent, hatte an der Tür geklingelt, und als diese geöffnet wurde, sofort geschossen. Statt Feitsma hatte er dessen Sohn getötet.

Der hatte es hinter sich, dachte Wede. Feitsmas Sohn. Der Glückliche.

Und er?

Er sass in dieser Sackgasse mit Blick auf die Plantage Middenlaan.

Er war eingekesselt. Sie alle hatten ihn in die Enge getrieben – die Mutter, der Klose und das Mümmlein.

Gleich würden sie ihm das Fell über die Ohren ziehen.

Aber noch war die Jagd nicht vorbei.

Einen Ausweg gab es noch.

Ein tiefer Schluchzer entrang sich Wedes Brust, als er die Walther von der Türschwelle aufhob.

Er setzte den Pistolenlauf aufs Knie und drückte ab.

FRANK 1982, STADT

«Vielleicht ist es nicht, wie du denkst.»
«Ach ja? Was denke ich denn?»
Manuel Furler und Frank Hodapp waren den ganzen Tag zusammen auf Streife gewesen, nach Schichtende waren sie auf einen Teller Spaghetti in Manuels Wohnung gefahren. Die beiden arbeiteten seit Jahren zusammen. Beste Freunde waren sie nicht gerade, aber ein gutes Gespann. Sie wussten, dass sie sich aufeinander verlassen konnten.
Nach dem Essen spülte Manuel das Geschirr, Frank trocknete es ab.
«Was soll ich denn denken, deiner Meinung nach», sagte Frank und klatschte mit dem feuchten Geschirrtuch gegen Manuels Beine, «wenn ich Nicole frühmorgens um sieben aus deiner Wohnung spazieren sehe?»
Nicole war eine Arbeitskollegin. Eine der wenigen Polizistinnen auf dem Posten. Frauen waren erst seit zwei Jahren zur Ausbildung zugelassen. Sie war etwas älter als Frank und sah aus wie Debbie Harry. Als Frank an diesem Morgen kurz vor sieben seinen Dienstwagen vor Manuels Wohnblock geparkt und rauchend auf seinen Kollegen gewartet hatte, war Nicole aus der Haustür geschlüpft und rasch in Richtung Bushaltestelle verschwunden. Sie wohnte mit ihrem Freund in der Altstadt, unweit des Hauptpostens. Frank traute seinen Augen nicht. Manuel und Nicole? In den drei Jahren, in denen er nun mit Manuel auf Streife war, hatten die Frauen sich immer nach ihm umgedreht. Frank trainierte drei Mal die Woche im Fitnessstudio und legte sich jeden Samstag auf die Sonnenbank. Manuel hingegen war schmal und schlaksig. Mit fünfundzwanzig hatte er schon deutliche Geheimratsecken und ein buschiger Schnurrbart kaschierte

nur halb die Hasenscharte, mit der er zur Welt gekommen war. Den ganzen Tag hatte Frank schon versucht, Manuel zum Reden zu bewegen. Vergebens.
Frank trommelte mit den Fingern auf die Küchenzeile.
«Jetzt sag schon. Seit wann läuft das zwischen euch beiden?»
Manuel zog den Kochlöffel aus dem Abwaschbecken und hielt ihn sich vor den Mund, sodass es aussah, als singe er in ein tropfendes Mikrofon.
«There must be some misunderstanding. There must be some kind of mistake.»
Er hatte keine schlechte Stimme. Sie war mit Sicherheit schöner als die von Phil Collins.
«Du zitierst Genesis? Sind die dir nicht zu weichgespült?»
Manuel zog den Stöpsel aus dem Spülbecken. Das Wasser verschwand gurgelnd im Abfluss.
Seine Schallplattensammlung füllte in der Breite eine ganze Wand in seiner Einzimmerwohnung. Auf dem Regal, in das die Platten nach einer für Frank unverständlichen, für Manuel jedoch heiligen Ordnung einsortiert waren, stand der Plattenspieler. Ein Thorens, Manuels ganzer Stolz. An den Wänden hingen Poster von langhaarigen Kerlen, die sich tief über ihre Gitarren beugten oder mit durchgedrücktem Rücken die Gitarrenhälse vor sich hielten. AC/DC. Motörhead. Led Zeppelin. Alles Bands, mit denen Frank nichts anzufangen wusste.
Frank war ein wenig enttäuscht gewesen über die Spaghetti. Oft zauberte Manuel ein leckeres Stück Fleisch auf den Tisch. Rindsfilet Stroganoff, Ossobuco, Saltimbocca. Mit Fleisch kannte Manuel sich aus. Er hatte vor der Polizeischule eine Lehre als Metzger absolviert. Nicht hier in der Stadt. Manuel war wie er ein Zugezogener. Ansonsten wusste Frank nicht viel über seinen Kollegen, mit dem er doch so viel Zeit verbrachte. Meist waren sie nachts unterwegs, fuhren die Hotels im Bezirk ab, sammelten die Bulletins für die Fahnder ein. Wenn sie miteinander sprachen, war es meist

Frank, der redete. Mit Vorliebe erzählte er von seinen Abenteuern mit Frauen. Wie er sie ausführte, zum Essen oder ins Kino, wie er sie mit schönen Worten um den Finger wickelte, und lieber noch um andere Körperteile. Frank wusste, wie's ging.
Beiz.
Beischlaf.
Bye-bye.
Manuel hörte Franks Ausführungen stets geduldig zu, lachte an den richtigen Stellen und klopfte ihm ermutigend auf die Schulter, wenn er von einem Misserfolg berichtete. Ab und an unterstrich er seine Geste mit einem Liedzitat.
«Now I'm back in the ring to take another swing.»
«Seems like a touch, a touch too much.»
«And a new day will dawn, for those who stand long.»
Manuel war er ein guter Zuhörer und Frank ein guter Redner. Ein Rollentausch fiel ihnen beiden schwer. Ab und an fragte Frank etwas. Woher Manuel kam. Was ihn von zu Hause weggeführt hatte. Wie es mit seinen Schiessübungen aussah.
Manuel antwortete immer. Doch was genau er jeweils antwortete, hätte Frank bereits wenige Augenblicke später nicht mehr sagen können. Manuels Geschichten waren wie seine Wohnung: nicht besonders weitläufig und ohne persönlichen Inhalt.
Mit Manuels Vergangenheit war Frank nur einmal in Berührung gekommen. Zu Beginn ihrer Zusammenarbeit hatten sie an einem Donnerstagabend im Dezember durch die Einkaufsstrassen der Stadt patrouilliert. Es war Abendverkauf gewesen. An der Ecke Kaufhausgasse und Freie Strasse herrschte ein Gedränge, sie kamen nur langsam voran. Eine Frau blieb dicht vor Manuel stehen, fasste ihn am Ärmel seiner Uniformjacke und redete auf ihn ein. Frank beachtete die Frau erst, als ihre Stimme lauter wurde. Sie war etwa in Manuels Alter und ziemlich unauffällig. Dunkelhaarig,

blass, ungeschminkt. Aus ihrem unförmigen Parka lugte ein winziger Kopf mit Strickmütze hervor. Ein Baby. Das Baby schlief, die Frau wurde immer lauter. Manuel riss sich los und lief davon. Frank musste sich seinen Weg durch die Menge pflügen, um ihn einzuholen.
«Sag, was war denn da los?»
«Keine Ahnung.»
«Kennst du die Frau?»
«Nie gesehen.»
«Die hatte ein Baby dabei. Hat sie dich nicht beim Namen genannt?»
«Nein.»
«Ich glaube schon. Eine Verflossene von dir?»
«Nein, wenn ich es doch sage.»
«Und das Baby?»
«Lass gut sein, ja?»
Manuel hatte geklungen wie das Weihnachtslied, das die Salutisten der Heilsarmee auf ihren Blasinstrumenten spielten. Eine Spur zu laut und zu gepresst.

Der Abwasch war erledigt, Manuel polierte den Chromstahl des Spülbeckens mit einem Lappen.
«Jetzt sag schon», sagte Frank. «Wie war's mit Nicole?»
«Was geht das dich an – hast du nicht neuerdings eine Freundin? Susanna, richtig?»
«Nicht ablenken, Kamerad. Jetzt sag schon. Wie viele Punkte auf einer Skala von eins bis zehn?»
«Gar keine.»
Manuel öffnete das Küchenfenster und zündete sich eine Zigarette an. Draussen dämmerte der Abend, die Farben waren erloschen. Die Häuserfassaden, das mit Hundekot übersäte Stückchen Rasen zwischen den Wohnblocks, die Autos auf den Parkplätzen, alles war blass wie eine schlechte Fotokopie.
«Sie hat Zoff gehabt mit ihrem Freund, das ist alles.»
«Und? Hast du sie getröstet?»

«Wie meinst du das?»
«Frag nicht so blöd.»
Manuel öffnete den Mund und schloss ihn wieder. Als er endlich sprach, klang seine Stimme so farblos wie die Landschaft vor dem Fenster.
«Du weisst es wirklich nicht.»
«Was weiss ich nicht?»
Manuel drückte seine Zigarette im Aschenbecher aus. Ein letzter Rauchfaden wand sich zur Decke hoch.
«Was weiss ich nicht?», wiederholte Frank gereizt. Es machte ihn wütend, wenn er nicht wusste, was andere wussten. Nichtwissen schuf Distanz zu dem, der wusste. Sowohl in der Horizontalen als auch in der Vertikalen. Es machte einsam und klein.
Seine ganze Kindheit hatte aus Nichtwissen bestanden.
Nichtwissen, was er falsch gemacht hatte.
Nichtwissen, was falsch war mit ihm.
Nichtwissen, warum der Vater ein kaputtes Knie hatte.
Und ein kaputtes Herz.
Manuel schüttelte noch eine Zigarette aus dem Päckchen. Das erste Zündholz brach entzwei, als er es über die Reibfläche zog. Ein paar Striche später endlich das vertraute Knistern, der Schwefelgeruch. Er sprach leise, ohne Frank anzublicken.
«Na gut, dann ist es Zeit, dass ich es dir sage.»
«Was?»
«Ich steh nicht auf Frauen.»
Glut fiel von Franks Zigarettenspitze auf seine Brust. Er wedelte sie zu Boden, bevor sie ihm ein Loch in den Pullover brennen konnte.
«Du machst Witze.»
Frank lachte in der Hoffnung, Manuel würde mitlachen.
«Natürlich stehst du auf Frauen. Du hast es nur noch nie probiert, ist es das?»
Manuel stiess Rauch durch die Nasenlöcher aus.

«Doch, habe ich. Einmal. Mit Angela.»
«Mit der Trulla von der Hasenburg?», fragte Frank ungläubig. Wie oft waren sie beide im Hotel Hasenburg ein- und ausgegangen, hatten das Bulletin für die Fahnder geholt, und nie hatte Manuel ein Wort gesagt. Angela, die Rezeptionistin. Blond. Blaue Kulleraugen. Ein Hintern wie ein Brauereipferd. Las Horoskope in der Zeitung. Hatte immer nur mit Frank geflirtet. Bellissimo hatte sie ihn genannt, und Tesoro. Hatte sein Sternzeichen wissen wollen. Die Stunde seiner Geburt. Und Manuel keines Blickes gewürdigt.
«Im Concierge-Zimmer hinter der Rezeption», sagte Manuel. «Vor ein paar Monaten. Ich dachte, ich probier's einfach mal. Vielleicht macht es mich ja normal.» Er schüttelte den Kopf und stützte sich aufs Fensterbrett.
Dann packte er Frank am Arm. «Das bleibt unter uns - du sagst es niemandem, ja?»
Frank versuchte sich loszureissen, aber Manuel hielt ihn fest. Sie zogen und zerrten aneinander, bis es Frank gelang, sich zu befreien.
«Bitte, Frank. Lass mich nicht hängen.»
Die Wohnungstür fiel mit einem Knall ins Schloss. Auf dem Weg nach unten nahm Frank zwei Treppenstufen auf einmal. Vom Auto aus konnte er Manuels Silhouette sehen, als hätte ihn jemand aus dem goldgelben Fensterviereck ausgeschnitten. Jetzt tat es Frank leid, dass er davongestürmt war. Was hätte er sagen sollen? Dass er es auf jeden Fall für sich behalten würde? Dass er niemandem etwas sagen konnte, wenn er sich nicht ins eigene Bein schiessen wollte? Als Kollege eines Schwulen würde er einiges einstecken müssen. Anzügliche Pfiffe. Heruntergefallene Kugelschreiber. Ausreden, um nicht mit ihm allein zu sein, im Postenfahrzeug, im Schiesskeller, in der Büroküche. Nein, das wollte er nicht. Den Teufel würde er tun, jemandem etwas zu erzählen.

TERESA 1991, DORF MIT DEN ALTEN EICHEN

Mergel knirschte im Takt von Vaters Schritten.
Kurz, kurz,
Pause.
Kurz, kurz.
Die blutigen Stellen an den Füssen, an denen die Socken klebten, machten ihm das Laufen schwer.
Ich ritt auf Vaters Schultern und lauschte der Geschichte, die er erzählte. Der Takt seiner Schritte gab den Rhythmus vor, in dem er sprach.
Kurz, kurz,
Pause.
Kurz, kurz.
Er sprach davon, dass ich in Tat und Wahrheit eine Prinzessin sei, die Susanna und er in einem Weidenkörbchen gefunden und aufgenommen hätten. Geboren worden sei ich in einem prachtvollen Palast, dessen Wände über und über mit Spiegelscherben verkleidet waren, die sich mein Antlitz ehrfürchtig zuwarfen.
Eines Tages trat eine in Lumpen gekleidete alte Frau vor den König und bat um Almosen. Man nannte sie die Tschoppen Olga. Da der König nicht wollte, dass seine Tochter sah, welches Elend draussen in der Welt herrschte, jagte er sie vom Hof. Die Tschoppen Olga aber war eine Hexe, zur Strafe verfluchte sie den König. Der verlor daraufhin alle Erinnerungen. Er erkannte seine Frau nicht mehr, die Königin. Und er erkannte seine Tochter, die Prinzessin, nicht mehr. Beide waren sie ihm fremd und er verstand nicht, wieso sie ihm so nahekamen. Bestimmt nur, um ihn auszurauben oder gar Schlimmeres. Er lebte in ständiger Angst. Mit den Erinnerungen war ihm das Vertrauen abhandengekommen. Die

Königin liess er in den dunkelsten Kerker werfen. Die Prinzessin wollte er draussen im Wald töten lassen. Als Beweis für die vollbrachte Tat sollte man ihm das Herz des Mädchens bringen. Der Jäger aber, der das Kind in einem Weidenkörbchen in den Wald trug, hatte Mitleid, stellte es unter einen Weinstock, an dem reife Trauben hingen, und ging. Dem König brachte er ein Hasenherz. Einfache Leute, Frank und Susanna, fanden die Prinzessin, trugen sie in ihr bescheidenes Heim im Dorf mit den alten Eichen und zogen sie auf. Irgendwann aber würde die Prinzessin zurückkehren in das Königreich. Dort würde sie den Bann der Hexe brechen, dem König die Erinnerungen zurückbringen und selbst den Thron besteigen.
Kurz, kurz,
Pause.
Kurz, kurz.
Ob diese Geschichte wahr sei, hatte ich den Vater gefragt. Die alten Eichen über meinem Kopf hatten aufgeregt geflüstert und ihre Kronen geschüttelt. Natürlich sei sie wahr, sagte der Vater und streckte zum Schwur drei Finger in die Luft. Ganz so, als wolle er die blasse Mondsichel, die aussah wie Gottes Fingernagel, vom Nachmittagshimmel pflücken. Da hatte ich zu weinen begonnen.

TERESA 2018, BERG

Es galt Schweigepflicht im buddhistischen Zentrum. Alle gaben sich Mühe, leise zu sein. Leise und ernst. Man schwieg ernst, schritt ernst durch die Gänge. Und gerade wenn man dachte, man beherrsche dieses Leise-und-ernst-Sein, furzte einer.

Zu Beginn der Sitzung waren wir vom Meditationslehrer angewiesen worden, Liebe an einen Menschen zu schicken, der uns Ärger bereitet oder Schmerzen zugefügt hatte. Da hatte ich also mit verschränkten Beinen auf dem Kissen gesessen und hatte versucht, meinem Ex-Freund Silvio Liebe zu schicken, als in der Reihe vor mir dieser Furz zu hören war. Erst kicherte ich lautlos, versuchte Haltung zu bewahren, was im Schneidersitz ein schwieriges Unterfangen war. Als ich das Gefühl hatte, es würde mir gleich den Brustkorb sprengen, floh ich aus dem Saal.

Nun sass ich lachend für mich allein im Vorraum auf der breiten Fensterbank, von der aus man unten im Tal ein Stück des kaltblauen Seeauges sehen konnte und die Hitze, die sich flimmernd auf Wiesen und Wälder bettete. Von den Bergen, die sich spitzzahnig in den Himmel verbissen, kannte ich nur die drei, die man auf Ansichtskarten kaufen konnte.

«Geht's?»

Hinter mir stand der Meditationslehrer. Wie er mich so ansah, besorgt und genervt zugleich, prustete ich wieder los. Wie um Himmels willen hatte es passieren können, dass ich seit fünf Tagen in einem buddhistischen Meditationszentrum festsass? Das war doch zu komisch.

Schuld daran war einzig und allein Silvio. Nachdem er ausgezogen war, aus unserer Zweizimmerwohnung, hatte ich

mich heulend aufs Bett fallen lassen und war lange nicht mehr aufgestanden. Ich wälzte mich hin und her, döste und schlief, und wenn ich wach war, zerbrach ich mir den Kopf darüber, was schiefgelaufen war zwischen Silvio und mir. Zwischendurch öffnete ich die Nachrichten-App und bat Silvio abwechselnd, zu mir zurückzukehren oder sich endgültig zum Teufel zu scheren. Am schlimmsten war's, wenn er mir nicht zurückschrieb, obwohl sein Status anzeigte, dass er online war. Genauso war er auch in den letzten Monaten unserer Beziehung gewesen – da und doch nicht da.
Ich beobachtete, wie helle Flecken über die Tapete meines Schlafzimmers wanderten, Tag für Tag dieselbe Bahn von links nach rechts, vom Kleiderschrank bis zur Zimmertür.
Sonnensplitter.
Ich fragte mich, warum alle Dinge früher oder später kaputt gehen mussten
und wer die Sonne in der Zeit zwischen Abend und Morgen wieder zusammenklebte.
Gott vielleicht.
Oder seine Mutter.
Meist waren es Mütter, die sich um kaputte Dinge kümmerten.
Das galt für Sterne genauso wie für Herzen.
Nachdem ich fünf Tage im Bett gelegen hatte, war es meine Mutter, die an der Haustür Sturm klingelte, mich zwischen schmuddeligen Laken hervorzog und unter die Dusche stellte. Als ich im Bademantel und mit einem Frottiertuch um den Kopf gewickelt in die Küche kam, blubberte auf dem Herd eine Tütensuppe, darin zwei aufgeplatzte Würste. Das war vor drei Wochen gewesen.

Und nun huschte ich wie ein Gespenst durch die Gänge des Meditationszentrums. Schickte auf Anweisung Liebe an Arschlöcher und versuchte, nicht zu denken, schon gar nicht an Silvio. Wie ein Kuckucksküken hatte er sich in meinem Hirn eingenistet, sperrte den Schnabel auf und

schrie nach Futter, wuchs mit jedem Tag seit unserer Trennung und verdrängte alle anderen Gedanken.
«Geht's?», fragte der Meditationslehrer ein zweites Mal und setzte sich neben mich auf die Fensterbank.
«Entschuldigung.» Ich wischte mir die Lachtränen aus dem Gesicht. «Ich hab' nur schon so lange nicht mehr gelacht. Solltest du nicht im Saal sein?» Ich zeigte mit dem Finger auf die Tür des Meditationssaals.
«Die praktizieren gerade den Rest der Meta-Meditation», sagte er. «Da muss ich nicht dabei sein. Ich heisse übrigens Mirco.» Er hielt mir die Hand hin. Die Hand war warm und trocken, der Händedruck fest.
Was ich hier mache, wollte er wissen.
«Ich meditiere.»
Nun war er es, der lachte. Dabei behielt er die Oberlippe straff über den Vorderzähnen, sodass ich sie nicht sehen konnte. Das sah liebenswert aus. Und antrainiert.
Er sagte, dass es ihm die letzten Tage eher so vorgekommen sei, als würde ich eine lautlose Form von Exorzismus betreiben, um den Teufel aus meinem Innern zu verjagen.
Ich stimmte ihm seufzend zu.
«Warst du erfolgreich?»
Ich verneinte.
Mirco hatte Sommersprossen auf Stirn, Nase und Wangen, nur ein paar einzelne da und dort. Es sah aus, als hätte er ein Sternbild im Gesicht. In den rotblonden Locken blitzten weisse Haare. In seinen Augenwinkeln hatten sich Falten eingegraben. Ich schätzte ihn auf Anfang vierzig.
«Darf ich raten?», fragte er. «Liebeskummer.»
Er lachte erneut, als er mein erstauntes Gesicht sah.
«Das war nicht schwierig. Die meisten Leute da drin» – er zeigte auf die Tür des Meditationssaals – «haben ein gebrochenes Herz, auf die eine oder andere Weise.»
«Ach ja?» Ich nahm ein Taschentuch hervor und schnäuzte mir die Nase. «Und dagegen hilft Meditation?»

Er überlegte. Dabei blickte er hoch zur Decke, sodass ich seinen Hals sehen konnte. Er gefiel mir. Die Farbe der Haut. Der Schwung des Adamsapfels. Die Brusthaare, die vorwitzig über den Rand seines Shirts lugten.
«Ja und nein», sagte er. «Eher nein.»
«Und das sagst du mir erst jetzt?», seufzte ich.
Mirco rutschte ein Stück näher zu mir heran.
«Meditation hilft nicht gegen den Schmerz, der gerade in dir wütet. Er hilft nur gegen das Leiden, das daraus entsteht, wenn du ihn nicht loslassen kannst, diesen – wie hiess er denn, dein Teufel?»
«Silvio.»
«Diesen Silvio. Ich hoffe, du hast ihm vorhin keine Liebe geschickt?»
«Der Furz hat das Schlimmste verhindert.»
Ich konnte sehen, dass Mirco lächelte.
«Ist ja nicht so, dass man nicht weiss, dass es so enden kann», fuhr ich fort. «Wer liebt, verlässt früher oder später. Kinder ihre Eltern. Partner einander gegenseitig. Eltern ihre Kinder.»
«Eltern ihre Kinder?» Er wischte sich eine Haarsträhne aus der Stirn, die gleich wieder zurückrutschte. «Erzähl.»
Ich blickte mich um.
«Hier? Jetzt?»
Er zuckte mit den Schultern. «Du weisst doch, was Buddha sagt. Etwas anderes als das Hier und Jetzt haben wir nicht.»

Und so erzählte ich. Von diesem regnerischen Abend, ich war fünf Jahre alt gewesen, als mein Vater seine speckige Lederjacke angezogen hatte und gegangen war. Vater, der in den folgenden Jahren immer mal wieder auftauchte, einen Brief schickte, zum Geburtstag an der Tür klingelte, wie ein Walfisch, gross und schwer und mit feuchten Augen, und dann wieder abtauchte. Mein Vater Frank, der immer herumlief, als trüge er schwer an seinem eigenen Schatten, und der, so hatte es mir die Mutter erzählt, keine einfache

Kindheit gehabt hatte. Sein Vater, Grossvater Wede, ein Held, der den Krieg mit nach Hause gebracht hatte. Ein Granatengemüt. Ein Haubitzenherz. Und so war Frank, obwohl er nie gedient hatte, ein Kriegsversehrter. Der hinkte, als hätte ihm einer ins Knie geschossen. Der sich, als suche er darunter eine Gewehrkugel, das Fleisch an Händen und Füsse wegpulte. Frank, der stets Bonbons lutschte in der Hoffnung, man könne dahinter den Wein nicht riechen. Das Bier. Den Wodka.

Mirco hatte mir zugehört, mich nur unterbrochen, wenn er etwas nicht verstand. Danach war es an ihm, zu erzählen. Er brauchte nicht viele Worte, um die Leerstelle zu benennen, die sein Vater hinterlassen hatte. Mirco hatte ihn nie kennengelernt.

«Auf jeden Fall», schloss Mirco seine Geschichte ab, «möchte ich es besser machen.»

«Wie meinst du das?»

«Ich möchte Kinder. Bin etwas spät dran, das ist mir klar.» Er lächelte schief. «Und wenn ich dann welche habe, bleibe ich bei ihnen. Ich werde da sein, das Gegenteil von weg. Das Gegenteil von unbekannt. Das Gegenteil einer Lücke.»

«Was ist denn das Gegenteil einer Lücke?», fragte ich.

Mirco zog die Schultern hoch. «Beziehung vielleicht?»

Ich dachte an das Märchen, das mein Vater einst erzählt hatte. An den König im Spiegelpalast und an die Prinzessin, die er im Wald hatte aussetzen lassen. Nicht aus Bosheit. Er war kein schlechter König. Er liebte Frau und Kind, wollte sie beschützen vor dem Elend, das vor den Toren seines Palasts begann. Darum schickte er die Bettlerin weg, die Tschoppen Olga, die in Wahrheit eine Hexe war. Zur Strafe verlor er all seine Erinnerungen, nicht jedoch die Fähigkeit, nach bestem Wissen und Gewissen Entscheidungen zu treffen. So liess er, überzeugt von der Richtigkeit seines Tuns, die Frau in den Kerker werfen und beauftragte den Jäger, das Kind zu töten. Dass dies keine guten Entscheidungen waren, konnte

nur einer von ausserhalb sehen. Der Geschichtenerzähler etwa. Oder das Kind auf seinen Schultern.
Vielleicht hatte Mirco recht und Beziehung war das Gegenteil von Lücke. Nur bedeutete das nicht, dass die Geschichte deshalb in jedem Fall gut endete.
Ich schaute Mirco an. Augen wie Tannenhonig, eingefasst von einem eisenfarbenen Ring. Augen, die den meinen erstaunlich ähnlich waren. Einer mit solchen Augen würde bestimmt hübsche Kinder machen.

MIRCO 1992, STADT

Seine Grossmutter hatte ihn kurz allein gelassen und war mit der Krankenschwester mitgegangen. Formulare unterzeichnen. Mirco trat ans Bett. Er wagte es nicht, seine Mutter anzufassen. Um den Hals trug sie eine Krause, die ihren Kiefer nach oben drückte, sodass der Mund nicht offenstand. Die Hände lagen gefaltet auf der Brust.
Ein Pfleger hatte Emma und ihm erklärt, die Leber sei beim Aufprall verletzt worden, die Mutter sei innerlich verblutet.

Sein Radiowecker hatte zehn nach eins angezeigt, als Grossmutter Emma ihn weckte. Sie sammelte die Kleider ein, die er am Abend zuvor auf dem Fussboden verteilt hatte, und streckte ihm ein Stück nach dem anderen hin.
Was ist passiert?
Wo ist Mama?
Wo gehen wir hin?
Die Fragen flatterten durch seinen Kopf und machten ihn schwindlig. Schliesslich stellte er die, welche am einfachsten zu fassen war.
«Muss ich morgen zur Schule?»
Emma hatte den Gang nicht richtig eingelegt. Das Getriebe knirschte beim Ausparken, der Motor heulte auf. Mirco wünschte sich, er könnte seine Gefühle ebenfalls so klar zum Ausdruck bringen. Stattdessen schwieg er auf der ganzen Fahrt in die Stadt, bis die Grossmutter vor dem Spital wieder einparkte.
Dann liefen sie durch Flure und Treppenhäuser. Das Zimmer, in das man sie schliesslich brachte, war klein und schmucklos. Weisse Wände, weisse Bettwäsche. Auf dem Nachttisch brannte eine weisse Kerze. Mirco dachte daran, sie auszublasen. Sie verbrannte unnötig Sauerstoff. Dann

fiel ihm ein, dass es keine Rolle spielte. Seine Mutter brauchte keinen Sauerstoff mehr.
Sie war tot.
Ein Wort, das von vorne wie von hinten gelesen zum gleichen Ergebnis kam.
toT.
Vielleicht weil dieser Zustand endgültig war. Ein Zurück gab es nicht.
Tot.

Mirco weinte.
Um die Mutter, die hier vor ihm lag. Und um den Vater, den sie mit sich genommen hatte. Mirco hatte sie heute beide verloren. Seit dem Abend vor acht Jahren hatte er die Frage nie mehr ausgesprochen.
Wer ist mein Vater?
Er hatte es aufgeschoben. Auf später. Auf morgen. Auf den richtigen Moment. Falls es diesen je gegeben hatte, hatte er ihn verpasst. Mutter hatte das Wissen über seinen Vater in sich verschlossen wie den Geist in der Flasche. Mirco hatte gehofft, dass er irgendwann das Zauberwort finden würde, ihre Erinnerungen zu entkorken und den Geist herauszulassen. Diesen braunäugigen, rothaarigen, krausköpfigen, sommersprossigen Geist.
Tot.
Seine Mutter. Die beim Staubsaugen Musik hörte, so laut, dass die Wände zitterten. Musik mit Stromgitarren und verzerrten Stimmen. Die bei Liebesfilmen weinte und dann behauptete, dass die Pollensaison dieses Jahr früh anfange. Die mit siebenunddreissig Jahren noch Rossschwanz und Pony trug und sich niemals schminkte. Die seit seiner Geburt als Fleischverkäuferin arbeitete, obwohl sie lieber Fisch ass. Die behauptete, sie könne nicht tanzen, aber mit Handtuchturban durchs Badezimmer wirbelte, die Haarbürste als Mikrofon vor dem geröteten Gesicht, weil sie auch im Hochsommer so heiss duschte, dass die Spiegel erblindeten.

Seine wetterfühlige Mutter, die vom Föhn Kopfschmerzen bekam und bei Bise Fernweh. Die menschenfühlig war. Unbekannte machten ihr Bauchweh. Bekannte meistens auch. Die ihr ganzes Leben lang allein geblieben war. Nie hatte Mirco sie mit einem Mann gesehen.

«Warum hast du keinen Mann?», hatte er sie gefragt, da war er vielleicht zwölf gewesen. Damals hatte er verstanden, dass auch andere Familien nicht so unversehrt waren, wie es meist den Anschein machte. In ihrer Nachbarschaft war gerade ein Familienvater ausgezogen, hatte Frau und zwei Kinder zurückgelassen. Und eine Klassenkameradin von ihm war nach den Frühlingsferien nicht mehr in die Schule zurückgekehrt, weil sie mit der Mutter in die Stadt zum neuen Papa gezogen war. Überall taten sich Brüche auf. Leerstellen. Doch anders als seine Mutter waren die meisten Leute bemüht, diese rasch zu stopfen. Schon wurde gemunkelt, dass bei der Nachbarin mit den zwei Kindern ab und an ein Mann gesichtet wurde, der in aller Herrgottsfrühe das Haus verliess. Und der alte Papa seiner Klassenkameradin war bereits an Pfingsten Hand in Hand mit ihrer ehemaliger Flötenlehrerin gesehen worden.

«Warum hast du keinen Mann?», hatte Mirco die Frage wiederholt.

«Wieso sollte ich», hatte die Mutter geantwortet und die harte Butter auf die Brotscheibe gerieben. «Wir zwei sind doch genug, oder?»

Sie hatte ihm zugezwinkert und er hatte genickt. Und dabei gedacht, dass zwei zwar genug, ein Dritter aber nicht zu viel wäre.

Tot.

Sein Vater. Von dem er nur in der Verneinung denken und sprechen konnte. Der Vater, den er nie getroffen hatte. Der Vater, von dem er nichts wusste. Von dem er keine Ahnung hatte, wie er klang, wie er aussah, wie er roch. Der Vater, der an seinem Geburtstag nicht angerufen, ihm keine Karte geschickt hatte. Dieses Jahr nicht und all die anderen Jahre zuvor auch nicht.

Tot.

Seine Mutter. Die ihn, wie sie jetzt dalag, an die Figuren in Madame Tussauds Wachsfigurenkabinett erinnerte. Erst diesen Frühling war er dort gewesen, in London. Changing of the guards. Tower Bridge. Westminster Abbey. Und Madame Tussauds. Zwei Nächte. Sie hatten im selben Zimmer geschlafen, seine Mutter und er, wie immer, wenn sie auf Reisen waren. In diesem Frühling war es ihm zum ersten Mal unangenehm gewesen. Wie sie so dalag, auf dem Rücken und mit leicht geöffnetem Mund leise röchelnd, war sie ihm alt vorgekommen. Nicht dieses vornehme, gepuderte Alt, das man auf den Porträts der Queen sehen konnte. Es war ein anderes Alt, das ihn abstiess und an die alten Basketbälle erinnerte, die zu Hause in der Turnhalle im Geräteraum lagen, abgegriffen, die Luft durch haardünne Risse entwichen. Die Mutter erschrak, als sie aufwachte und sah, wie er sie betrachtete, und Mirco seinerseits erschrak, als er sah, wie sie beschämt den Blick senkte, weil sie verstand, dass ihr Sohn sich vor ihr ekelte.

Nun lag die Mutter erneut vor ihm. Aber diesmal kam sie ihm jung vor. Auf jeden Fall jünger, als er sie in Erinnerung gehabt hatte. Als hätte sie ihn nicht im Vorwärts-, sondern im Rückwärtsgang verlassen.

toT.

Die Falten um den Mund waren verschwunden, die Furchen auf der Stirn auch. Schön sah sie aus.

Die Frau, die da vor ihm lag, war seine Mutter, kein Zweifel. Und gleichzeitig war sie es nicht. Im Wachsfigurenkabinett hatte ihn genau dieses Gefühl beschlichen, als er vor den Figuren gestanden hatte. Arnold Schwarzenegger, kein Zweifel. Und gleichzeitig nicht. Michael Jackson, Lady Di. Gut getroffen die Gesichtszüge, die Frisuren, die Körperhaltung. So kannte er sie aus dem Fernsehen. Und doch sahen sie nicht lebendig aus. Etwas fehlte. Eine störrische Haarsträhne, die sich der Pomade widersetzte. Ein Pickel, dessen Kruste sich durch die Schminke drückte. Der Anflug von Ungeduld, trotz des eingeübten Lächelns. Vielleicht zeigte sich das Leben nur in den Fehlern, in der Abweichung von Perfektion.

Was frei war von Makeln, war aus Wachs.

Oder tot.

Die Tür ging auf, Emma betrat das Zimmer. Ihre Augen waren gerötet, aber trocken. Vielleicht hatte sie im Schwesternzimmer geweint, jetzt hatte sie sich wieder im Griff. Sie trat neben Mirco und legte ihren Arm um ihn. Ihr Unterkiefer mahlte, sie suchte nach Worten.

«Du musst morgen niet zur Schule», sagte sie.

TERESA 2022, STADT

Ich sitze in meinem Schrank und denke nach.
Draussen grosses Geschepper. Etwas ist zu Boden gefallen.
Blech und Stahl prallen auf Fliesen.
Ich schiebe die Schranktür eine Handbreit auf und schaue hinaus.
Dort vorne steht Mirco zwischen Bauernkommode und Shabby-chic-Küchenbuffet am Verkaufstresen. Kurze Hose, Baumwollshirt, in der Hand einen Blumenstrauss. Verlegen schaut er sich um, dann geht er in die Hocke. Vor ihm liegt die Küchenwaage, die eben noch auf ihrem Tisch stand. Vermutlich hat er sie versehentlich im Vorbeigehen zu Boden gewischt. Die Waage ist schwer, dass muss einer erst hinkriegen.
Heinz Karrers Bürotür geht auf, der Chef kommt zum Vorschein. Trotz der Wärme trägt er ein langärmliges Flanellhemd und Jeans, an dessen Gürtelschlaufe ein riesiger Schlüsselbund klimpert. Ich frage mich, ob es all die Türen, die sich mit diesen Schlüsseln öffnen lassen, noch gibt und ob hinter diesen Türen Menschen leben, die von Heinz Karrer in der Gegenwart oder einer Vergangenheitsform sprechen.
Der Chef mag es nicht, wenn er bei der Büroarbeit gestört wird.
Bei den Excel-Listen.
Bei den Enkelinnen-Webseiten.
Der Chef steht da und schaut zu, wie Mirco den Blumenstrauss beiseitelegt, in die Hocke geht und die Waage zurück auf den Tresen hievt.
Mirco wischt sich die Knie sauber, dann hebt er den Blumenstrauss auf.

Erst sagt Mirco etwas, dann sagt Heinz etwas und schüttelt den Kopf.
Ich kann nicht verstehen, was sie sagen, aber ich kann es mir denken.
«Guten Tag, ich bin Mirco, Teresas Mann. Ist sie hier?»
«Teresa?» Das ist die Stelle, an der Heinz vermutlich die Augenbrauen hochzieht. «Sie hat vor einer Stunde Feierabend gemacht.»
Heinz zieht immer die Augenbrauen hoch, wenn ihm etwas nicht passt.
Als ich ihm am Vormittag gesagt habe, dass ich heute früher gehen werde, hat er ebenfalls die Augenbrauen hochgezogen. Ein zweites Mal dann, als er mir kurz vor Mittag mitteilte, dass ein Herr Alioth telefonisch nachgefragt habe, ob sich der Käufer des dunklen Schranks schon gemeldet habe. Von einem Käufer wisse Heinz nichts. Ich tat, als hätte ich von nichts eine Ahnung, und ging ihm den Rest des Tages aus dem Weg. Kurz nach sechzehn Uhr verabschiedete ich mich, nahm die Handtasche vom Garderobenständer und liess die Ladentür von innen ins Schloss fallen.
Seither sitze ich im Schrank.

Heinz verabschiedet sich von Mirco und watschelt mit wippender Brille auf der Brust aus meinem Blickfeld. Mirco blickt Heinz hinterher, dann auf sein Handy, hält es sich ans Ohr.
Hallo. Die Person, die Sie angerufen haben, ist nicht verfügbar.
Der Empfang im hinteren Teil der Brockenstube ist wirklich schlecht.
Es ist der letzte Abend, bevor Mirco für die nächsten zehn Tage verstummt. Meditation. Schweigeseminar, wie jedes Jahr. Vermutlich will er mich zum Essen ausführen. Bei einem Glas Wein plaudern. Über nichts von Bedeutung, nur über die kleinen Dinge, die erst als Summe von Bedeutung sind.

Bereits morgen wird er mitten in der Nacht aufstehen und mit dem Rad ins Meditationszentrum fahren, wo um vier Uhr dreissig die erste Sitzmeditation stattfindet. Sein Tag ist streng durchgetaktet mit Einzel- oder Gruppenmeditationen. Meist nimmt Mirco im Winter an einem Schweige-Retreat teil, wenn es draussen kalt und früh dunkel ist. Dass er jetzt im Hochsommer schweigt, wenn die Tage lang und voller Leben sind, ist neu und ich werde den Verdacht nicht los, dass es ihm dabei weniger um Meditation als mehr um Flucht geht. Wir haben in den letzten Wochen viel gestritten. Unsere Diskussionen waren hitzig und lang wie der Sommer. Meist ging es um unsere Familiengeschichte und um meinen Versuch, Antworten zu finden auf offene Fragen.

«Bekommst du überhaupt noch etwas mit von der Gegenwart bei deinem ständigen Rückwärtsschielen?», fragte er mich gestern Abend. «Siehst du, was hier geschieht? Dass wir in zwei Teile zerfallen?»

Die Wiege, die wir aus Amsterdam mitgebracht hatten, stand in der Schlafzimmerecke. Die Drahtvorrichtung, noch immer ohne Stoffhimmel, deutete vorwurfsvoll auf mich.

«Ja», antwortete ich wütend. «Und im Gegensatz zu dir sehe ich auch, warum.»

Mircos Rücken verschwindet aus meinem Blickfeld, dann fällt die Ladentür ins Schloss.

Ich ziehe die Schranktür wieder zu und sinke gegen die Wand. Die Lampe über mir baumelt, das Licht flackert, bringt Bewegung in die Notizen an der Wand.

Zwischen den Worten und Filzstiftstrichen lösen sich Tapetenfetzen.

Es ist erstaunlich, wie viele Löcher in unserer Familiengeschichten klaffen. Niemand weiss, wie Wede zu seiner Knieverletzung kam. Wieso Frank Hals über Kopf seine Familie verliess, als ich noch klein war. Wer für den frühen Tod von Muriel verantwortlich ist oder wer Mircos Vater ist.

In diesem Nichtwissen sind sich alle einig. Sobald ich aber die Leerstellen fülle, wenn ich Kausalitäten herstelle, Wahrscheinlichkeiten benenne, sind sich alle verbliebenen Familienmitglieder einig, dass es so ganz sicher nicht gewesen sein kann.
Wie viel wahr steckt eigentlich in wahrscheinlich?
Und wie viel Schein, der gewahrt werden will?
Ein Schein, der überblendet, was gewesen ist.
Gleissende Leere.
Ich blicke auf die Schrankwand.
Ich blicke auf das leere Stück Tapete zwischen «1975, Muriel schwanger» und «Unbekanntes Kind von Georg. Wer?».

EMMA 1974, KLEEDORF

«Muriel!»

Emma Köhler-de Vries griff nach der Türklinke, entschlossen, ihrer Tochter hinterherzustürmen.

«Lass sie.»

Bruno sass am Küchentisch, den Kopf auf die gefalteten Hände gestützt, auf dem Schoss die Serviette. Vor jedem Abendessen steckte Emma Stoffservietten in silberne Serviettenringe, die sie von ihrer Mutter geerbt und 1943 im Koffer aus Amsterdam mitgebracht hatte. Und obwohl sie sich ständig darüber beklagte, dass das Waschen und Plätten ihr viel Arbeit bereitet, hätte sie niemals auf Servietten verzichten wollen.

«Ich kann sie doch niet einfach gehen lassen.»

«Lass sie», wiederholte Bruno.

«Hast du gehört, was sie gesagt hat?» Emma liess die Türklinke los und baute sich vor Bruno auf, der noch immer die Augen geschlossen hielt. «Hast du es gehört, Bruno? Unsere Tochter ist schwanger.»

Die Haustür fiel ins Schloss.

Ein Motor jaulte auf.

Autoreifen spulten über den Kiesbelag in der Einfahrt.

«Ich hab's gehört.»

Bruno öffnete die Augen und legte sich ein Stück Brot auf den Teller.

«Du isst?», rief Emma empört. «Wie kannst du jetzt essen?»

Mit der Gabel hob er zwei Rädchen Fleischkäse vom Wurstteller und balancierte sie auf die Brotscheibe. Emma hätte ihren Mann schütteln wollen. Stattdessen setzte sie sich neben ihn und blickte auf Muriels leeren Stuhl. Gerade noch war alles gewesen wie immer. Sie hatten zu dritt am Tisch

gesessen und sich das Käsebrett herumgereicht. Muriel hatte blass ausgesehen. Wie eine gehäutete Zwiebel. Den ganzen Herbst schon hatte sie einen ungesunden Eindruck gemacht. Emma hatte es auf den Hochnebel geschoben, der seit Wochen wie Mehlstaub vor der Sonne hing, in den frühen Morgenstunden in die engen Gassen rieselte und den Menschen das Atmen schwermachte. Doch es war nicht der Nebel. Der Grund war weitaus weniger flüchtig.
«Wie kann sie uns das antun?», fragte Emma und wischte fahrig Brotkrumen vom Tischset.
Brunos Schläfen pulsierten im Takt seiner Kaubewegungen, als sässe ihm ein Herz im Schädel. Kein Hasenherz. Dafür biss er zu langsam auf dem Brotrauft herum.
Emma trug Geschirr zur Spüle.
«Interessiert es dich denn überhaupt nicht?»
Sie konnte hören, wie Bruno schluckte.
«Ich bitte dich, Emmi. Natürlich interessiert es mich. Aber was kann man machen? Muriel ist einundzwanzig.»
«Und? Findest du es richtig, dass sie sich so jung schwängern lässt und das Kind ohne Vater grossziehen will?»
Er schob das Messer zwischen die Zinken seiner Gabel und faltete die Serviette. Längsseite auf Längsseite, dann die kurzen Enden aufeinander. In der Waschküche wusste Emma immer, welche Serviette von wem benutzt worden war. Brunos Servietten waren sorgfältig gefaltete Vierecke, Muriel hatte die unschöne Angewohnheit, sie zu einer Kugel zusammenzuknüllen, aus der Brotkrumen und Käserinde herausfielen, wenn Emma sie vor der Waschmaschine ausschüttelte. Sie selbst formte eine Rolle. Es waren dieselben Bewegungen, die sie machte, bevor sie die sauberen Servietten in die Serviettenringe schob.
«Was willst du hören, Emmi?» Bruno drehte sich zu ihr um. «Sie wird uns irgendwann schon erzählen, wer der Vater ist.»
«Und was sage ich den Leuten?»

«Lass doch die Leute.»
Emma klatschte den Lappen, mit dem sie gerade den Herd nachgetrocknet hatte, über den Rand der Spüle.
«Lass doch die Leute», äffte sie ihn nach. «Und wer badet es aus? Ich, mein Lieber. Ik alleen!»

Sie erinnerte sich an das Geflüster und die verstohlenen Blicke von damals, als sie ahnungslos mit Muriel im Kinderwagen durchs Dorf spazierte. Sie hatte die Leute schnäderen gehört. Im Flüsterton. Die Weingartner von nebenan war es schliesslich gewesen, die ihr reinen Wein einschenkte. Inmitten der hochgeschossenen Rosenkohlpflanzen hatte die Weingartner gestanden, an deren Stiel die Röschen aussahen wie Gichtperlen, als sie mit falscher Beiläufigkeit erwähnte, dass hin und wieder abends eine Frau in Brunos Werkstatt umherschleiche. Ein stattliches Weibsbild, lange Röcke und Schuhe mit Absätzen – hohe Absätze zweifellos, so gross, wie die Frau sei. Durchs Fenster könne man die Schuhe natürlich nicht sehen, aber so gross wie diese Frau sei keine Frau ohne Absätze, und überhaupt gehe sie das alles ja gar nichts an.
Emma drehte sich um und liess die Weingartner stehen, riss Muriel an einem Ärmchen zu sich hoch und wankte über die schiefen Gartenplatten zurück ins Haus.
Das musste die Antwort auf ihre Fragen sein. Auf die Frage vor allem, warum Bruno sie so selten angefasst hatte. Neun Jahre hatte sie auf ein Kind warten müssen. Neun vervloekte Jahre.
Er hatte eine andere.
So einfach war das.
Und so schwer.
Sie hatte Bruno zur Rede gestellt. Er hatte nichts abgestritten, aber auch nichts zugegeben. Ausser dass da in seiner Werkstatt tatsächlich eine Frau gewesen war. Dagestanden hatte er, die Hände wie beim Gebet verschränkt, und hatte sie traurig aus seinen zu nah beieinander stehenden Augen

angeblickt. Nur als sie ihn fragte, ob sie hübsch sei, diese Frau, hatte Bruno rote Wangen bekommen und schamhaft auf seine Schuhspitzen hinuntergeschaut.

«Ich muss wissen, wer das war», sagte Emma entschlossen und löste die Bänder ihrer Küchenschürze.

«Wer was war?»

«Der, der unsere Tochter geschwängert hat. Ich wette, es ist dieser Manuel.»

«Der Sohn vom Furler Kurt?»

Emma nickte.

In letzter Zeit hatten sich Muriel und dieser Manuel stundenlang in ihrem Zimmer verbarrikadiert. Die Tür fest verriegelt, der Plattenspieler laut aufgedreht. Für Emma war das Gekreische und Gejaule von Mensch und Gitarre schwer zu ertragen. In ihren Ohren klang diese Musik wie auf Vinyl gepresster Krieg. Er dröhnte durchs ganze Haus, sogar im Keller detonierten die Bässe. Natürlich half Emmas Gezeter nichts. Aber solange sie stritten, sprachen sie noch miteinander, sie und ihre Tochter.

Jahrelang hatte Emma es auf die Pubertät geschoben. Eine Phase, in der sich die Kinder von ihren Eltern entfernen, um sich ihnen später wieder anzunähern. Jetzt aber war Muriel einundzwanzig und von einer Annäherung konnte keine Rede sein. Es war, als sei Emma ein Kreis, einem silbernen Serviettenring gleich, und Muriel die Tangente, die kurz ihr Leben berührt hatte und sich nun immer weiter entfernte. Sie war so allein im leeren Raum, ihre Tochter. Freunde hatte sie keine. Nur dieser Manuel Furler stand ab und an vor der Tür mit ein paar Schallplatten unter dem Arm, nuschelte eine Begrüssung und drückte sich an Emma vorbei in Muriels Zimmer.

«Ich rede mit ihm», sagte Emma und ging zur Tür.

«Mit wem?», fragte Bruno und erhob sich.

«Mit diesem Manuel.»

Er schüttelte den Kopf.

«Was?», fauchte Emma.

«Du ziehst vielleicht die falschen Schlüsse und ...»

«En wat?»

Bruno rieb sich die Augen.

«Vielleicht ist es nicht, wie du denkst.»

TERESA 2018, DORF MIT DEN ALTEN EICHEN

«Sind Sie sicher?»

Die Pflegerin reichte mir den Lappen. Gesichter blickten von den anderen Tischen herüber. Faltige Gesichter. Verwirrte Gesichter. Die Dessertschale hatte ordentlich gescheppert, als sie zu Boden fiel.

«Aber ja. Das schaff ich schon.»

Die weissen Gesundheitsschuhe drehten ab. Loulou-Oma, noch immer auf ihrem Stuhl, blickte über meinen Scheitel hinweg, als ginge sie der Pudding auf ihrem Schoss nichts an. Die Ellenbogen auf die Armlehnen des Stuhls gelegt, knetete sie ihre Finger. Die Gicht hatte die Gelenke dick und krumm werden lassen. Auf ihren Unterarmen hatte sie violette und schwarzgrüne Flecken, die von Blutentnahmen zeugten und von falsch eingeschätzten Abständen zu Türrahmen, Tischplatten und Schranktüren.

Ich schaufelte den Vanillepudding von Loulou-Omas Schoss in die Dessertschale zurück. Ich versuchte, ihr Kleid mit einem Lappen zu säubern. Früher hatten sich die Leute nach ihr umgedreht, wenn Louise Isenegger in diesem leuchtend farbigen Kleid durchs Dorf spazierte, das blonde Haar zu einem Zopf rund um den Kopf geflochten. Von Weitem sah es aus, als trage die Metzgersfrau eine Krone.

Das Kleid leuchtete auch jetzt noch, viele Jahre später, aber die Konfektionsgrösse war nicht mehr die richtige. Wo früher Loulou-Omas Hüften den Stoff gespannt hatten, lagen die leuchtenden Blumen nun in Falten, und über dem ehemals ausladenden Busen, in dessen Spalte sie zu besonderen Anlässen Lavendel, Rosenblätter oder Holunderblüten geschoben hatte, hing der Stoff schlaff herunter wie eine Hissfahne bei Windstille. Auch aus ihrem Haar waren Kraft und Fülle verschwunden. Die feinen Fäden, zwischen denen die Kopfhaut durchschimmerte, schwebten ihr um den Kopf wie ein silberner Strahlenkranz, und im Inneren wirbelten ihre Gedanken durcheinander wie Flugschirmchen im Wind. Loulou-Omas Kopf erinnerte an eine Pusteblume.

Begonnen hatte es damit, dass sie den Schlüssel vergass, oder eine Telefonnummer, oder wo sie ihr Auto parkiert hatte; bald trug sie Zettel mit sich herum, darauf die Namen von Bekannten, der Friseurin, bei der sie einmal im Monat die Haare auf Lockenwickler drehen liess, der Verkäuferin im Blumenladen; später dann jene ihrer Verwandten, ihres verstorbenen Ehemanns, ihrer Tochter.

Noch standen die Chancen gut, dass sie den Besuch erkannte, der in ihr Zimmer trat. Dann streckte sich ihr Rücken, der Schleier über den Pupillen lüftete sich und sie zeigte ihre festen weissen Zähne, die längst nicht mehr ihre eigenen waren. Energisch wies sie auf den einzigen Stuhl im Raum und schimpfte über die ganzen Trottel, die im Pflegeheim wohnten und weinten wie Babys, dummes Zeugs redeten oder bei Tisch auf ihrer Serviette herumkauten statt auf dem Brot.

Manchmal aber fand sie den Ausweg nicht aus dem Irrgarten ihres Hirns. Dann sass sie da wie ein gerupftes Huhn und blickte bucklig in eine Welt hinaus, die sie ängstigte oder, im besten Fall, immer noch wütend machte. Dann sprach sie halblaut zu Menschen, die ich nie kennengelernt hatte, weil sie lange vor meiner Geburt schon tot gewesen waren. Ein Minotaurus mit Stützstrümpfen und goldenen Ohrclips.

Mich erkennt Loulou-Oma nur noch in seltenen Momenten. Heute hat sie gelächelt über den Strauss Gerbera, den ich ihr brachte. An meinen Namen erinnert sie sich nicht, aber beim Mittagessen hat sie mir Geschichten erzählt von damals, als ihre Tochter Susanna noch klein war, und hat sie «deine Mutter» genannt.

Einmal, so Loulou-Oma schmatzend, hat Susanna den Nachmittag in der Metzgerei unter dem Arbeitstisch verbracht, auf dem ihr Vater Hasenpfeffer zubereitete. Läufe, Brust und Hals, Herz und Leber. Dazu Speck, Zwiebeln, Wein, Zucker und Gewürze. Es war Spätherbst, die Jäger lagen rund ums Dorf im Dickicht und brachten abends das geschossene Wild zum Metzgermeister Georg. Der gab ihnen gerne einen Schnaps aus, einen Quitten oder einen Zwetschgen. Und dann noch einen. Spätestens nach dem dritten setzte Georg sich an das verstimmte Klavier, das im hinteren Teil des Lagerraums stand, und spielte den Kotelett-Walzer. Das war das Einzige, was er spielen konnte. Das Klavier hatte er vor Jahren von einer silbernen Hochzeit mit nach Hause gebracht, wo er für Grilladen zuständig gewesen war. Hundertfünfzig Gäste, zwei Partyservices, weisse Hussen über den Stühlen und ein Pianist, der den ganzen Abend für dezente Hintergrundmusik sorgen sollte. Kurz vor Mitternacht war der Pianist verschwunden, ein Karton des teuren Weins auch. Nach längerem Hin und Her hatte Georg das Klavier aufgeladen und nach Hause gefahren, und weil Louise es nicht haben wollte, hatte er es im Lagerraum der Metzgerei untergebracht. Er fand, es sei witzig, dass der Metzger den Kotelett-Walzer beherrsche, und niemand widersprach ihm.

In diesem Spätherbst, von dem Loulou-Oma beim Mittagessen im Gemeinschaftsraum des Pflegeheims erzählt hatte, dampfte einem der Atem vor dem Mund, wenn man im kalten Lagerraum stand. Braten- und Schinkennetze, die Schaschlikspiesse und die Packungen Toastbrot für die Canapés lagen hier in einem Labyrinth aus Regalen und Kisten. Noch kälter war es nur im Kühlraum, der mit einer dicken Tür verschlossen war. Loulou-Oma, die damals noch gar keine Oma war, stand hinter der Fleischtheke im Laden, schlug Lyoner und Schinkenscheiben in Wachspapier ein und gab, wenn ihr Mann nicht hinsah, der Frau Sprunger mit ihren fünf Kindern ein extra Markbein zum Suppenfleisch.

Währenddessen spielte Susanna mit Hasenpfoten und Georg erzählte ihr die Sage von der Tschoppen Olga, die einst im Dorf gelebt hatte. Sie sei eine Häx gewesen, munkelte man, und habe mit Tieren reden können, mit Rehen, Dachsen, Spechten und sogar Wühlmäusen. Einmal habe die Olga einen verletzten Vogel gefunden, eine Goldammer, und ihn geheilt, indem sie ihm Hasenfüsse schenkte, damit er fortan schneller laufen konnte. Noch heute, viele hundert Jahre später, geistere die Tschoppen Olga durchs Dorf und die umliegenden Wälder und habe immer ein paar Hasenfüsse in der Tasche für den Fall, dass sie wieder einen verletzten Vogel finde. Er, der Metzgermeister Georg, fabriziere diese Hasenfüsse aus dem abgelegten Winterpelz streunender Büsis, und die Knochen modelliere er aus Salzteig. Diese Hasenpfoten sammle er und lege sie bei Vollmond paarweise gebündelt vor die Tür, und am nächsten Morgen seien sie weg, und dann wisse er, dass die Tschoppen Olga die Pfoten geholt habe.
Louise konnte sehen, wie stolz Susanna auf ihren Vater war. Sie selbst mochte die Geschichte nicht.
Wenn die Tschoppen Olga, von der Louise noch nie gehört hatte, wirklich zaubern konnte, wieso hatte sie dann dem Vogel nicht einfach die Flügel heil gemacht? Warum musste die arme Kreatur sich auf Hasenpfoten übers Erdreich quälen, wenn sie doch wusste, wie es war, sich auf Schwingen in die Lüfte zu erheben? Was war das für ein Leben, das die Tschoppen Olga dem Vogel geschenkt hatte – ein Leben auf der Flucht, vor dem Marder und dem Fuchs. Ein Leben in steter Angst, entdeckt und gefressen zu werden.
«Ist Susanna bei dir?», hatte Georg gefragt und sich die Hände am Schurz abgewischt. Louise verbiss sich die Bemerkung, die ihr auf der Zunge lag. Sie würde die Schürze wieder mehrfach mit Gallseife behandeln müssen, um die Blutflecken rauszukriegen. Wie oft hatte sie ihn schon gebeten, seine Hände unter dem Wasserhahn abzuspülen und

sie dann mit den Lappen abzutrocknen, die sie zu diesem Zweck neben das Lavabo gehängt hatte. Es hatte keinen Sinn, mit ihm zu streiten. Georg war ein Mann, der überzeugt war, dass er immer recht hatte. Auch wenn er falsch lag.
«Nein», antwortete sie. «Sie war die ganze Zeit bei dir.»
«Das war sie auch.»
«Und wo ist sie jetzt?»
«Das weiss ich doch nicht», antwortete Georg aufgebracht. «Bin ich hier das Kindermädchen?»
Nein, das war er nicht. Er war der Vater. Das war ein himmelweiter Unterschied. Georg freute sich an Susanna, wenn sie lachte oder ihre Ärmchen um seinen Unterschenkel schlang. Am Sonntag spazierte er Hand in Hand mit ihr in die Beiz und liess sie auf seinem Schoss Türme aus Kartonuntersetzern bauen. Triezte ihn einer der Kollegen, wann er denn endlich mit einem Buben nachlegen würde, verkündete er so laut, dass es alle in der Gaststube hören konnten, dass er eine Tochter habe, die es mit jedem der Jungs, die die anwesenden Deppen gezeugt hatten, aufnehmen könne. Er war stolzer Erzeuger dieses kleinen Mädchens mit den rotgoldenen Locken und den langen Wimpern. Doch das hiess nicht, dass er sich auch verantwortlich fühlte. Weinte es nachts, war es Louise, die aufstand. Dabei schuftete sie nicht weniger in der Metzgerei, im Gegenteil. Nach Ladenschluss war sie es, die den Arbeitsraum und den Verkaufsraum putzte, und danach setzte sie sich noch an die Buchhaltung. Georg konnte nicht so mit Zahlen.
Fiel die kleine Susanna hin und schürfte sich die Knie auf, war es Louise, die sie trösten und verarzten musste, und wenn sie spurlos verschwand, wie an diesem Nachmittag, war es Louises Aufgabe, sie wiederzufinden.
Sie suchte und rief.
Eine Metzgerei war kein Spielplatz für ein vierjähriges Mädchen. Messer, Spiesse, Knochensägen. Aber die beiden

Grossmütter, die beim Hüten hätten Hand bieten können, waren nicht da. Georgs Mutter war an Leukämie gestorben, als er in der Rekrutenschule war, und Louises Müeti war nach dem Tod ihres Mannes in das Dorf ihrer Kindheit zurückgezogen, das gut zweieinhalb Fahrtstunden entfernt lag.

Als Louise Susanna fand, lag sie rücklings im Kühlraum. Sie musste in einem unbeobachteten Moment hineingeschlüpft sein und die Tür hinter sich zugezogen haben. Der kleine Körper schlotterte, die Lippen waren blau. Mit aufgerissenen Augen schaute sie zur Decke hoch, von der drei nackte Hasen hingen.

«Was hat Mama gesagt, als ihr sie gefunden habt?»

«Nichts. Nur geweint hat sie.» Loulou-Oma wischte sich mit der Serviette ungelenk den Mund ab. Wir hatten Älplermagronen gegessen mit Kartoffeln, die so weich gekocht waren, dass sie schon vom blossen Ansehen auseinanderfielen.

«Kein Wunder», sagte ich. «Das muss ein Schock für sie gewesen sein, so ganz allein in der Kälte mit all den toten Tieren.»

Loulou-Oma schüttelte den Kopf.

«Das war's nicht. Deine Mutter hat geweint, weil die Hasen keine Pfoten mehr hatten.»

Eine Küchenhilfe räumte unsere Teller ab.

«Magst du ein Dessert?», fragte Loulou-Oma. «Ich nehme Vanillepudding.»

Wir warteten auf den Pudding, Loulou-Oma schaute gespannt zur Küchentür. Plötzlich drehte sie sich zu mir um, schaute mich scharf an und sagte: «Hast du eigentlich einen Mann?»

«Wie meinst du das?»

«Du weisst schon. Einen Mann.»

«Na ja», sagte ich. «Kürzlich habe ich einen kennengelernt. Mirco heisst er. Mirco Köhler. Er ist richtig nett. Ein ruhiger

Kerl, sieht gut aus. Ein bisschen wie Henry Fonda, einfach in Rotblond.»

Die Küchenhilfe brachte die Puddings. Loulou-Oma löffelte konzentriert.

«Was sagst du, wie lautet der Name?»

«Henry Fonda.»

«Nein, der andere.»

«Mirco Köhler.»

Da fuhr Loulou-Oma zusammen, dass ihr die halbvolle Schale mit dem Pudding in den Schoss fiel.

«Köhler», krächzte sie und versuchte aufzustehen.

«Oma, setz dich doch», sagte ich.

Die Puddingschale fiel scheppernd zu Boden.

Eine Pflegerin trat an unseren Tisch. Sie hatte einen Lappen in der Hand.

«Geben Sie her», sagte ich. «Ich mache das schon.»

MURIEL 1992, ZWISCHEN DEN DÖRFERN

Gummisohlen federten über den nassen Asphalt. Sie hörte stossweises Ausatmen, das Anstrengung verriet, aber von Keuchen noch weit entfernt war. Erst als die Frau nur noch wenige Schritte entfernt war, konnte Muriel Köhler sie sehen. Eine Silhouette löste sich aus der Dunkelheit, Leggins, Regenjacke, eine Mütze tief ins Gesicht gezogen. Schlank und blonder Pferdeschwanz. Eine Läuferin. Sie wich Muriel mit einem Seitenschritt aus, der das Wasser spritzen liess, und verschwand hinter ihr. Muriel lauschte dem Decrescendo der Schritte, bis sie sich im Rauschen des Regens verloren.

Muriel hätte den Bus nehmen sollen.

Als sie vor gut einer halben Stunde das Friedhofstor hinter sich geschlossen hatte, war es kalt gewesen, aber geregnet hatte es noch nicht. Da hatte sie beschlossen, zu Fuss zu gehen, der alten Landstrasse entlang, die sich wie ein Schweinedarm zwischen den Dörfern durch die Landschaft wand. Das verwaschene Ortsschild stand gleich hinter den letzten Häusern. Kleedorf, vier Kilometer. Muriel hatte es nicht eilig. Die Zeiten waren vorbei, als ihr Sohn abends wartend vor der Haustür gestanden hatte. Dabei war es noch nicht lange her, dass Mirco sie mit Geschichten überschüttete und mit Fragen löcherte, kaum dass sie den Schlüssel im Schloss gedreht hatte. Jetzt verbrachte er die meiste Zeit in seinem Zimmer. Fragen stellte er ihr keine mehr, und wenn doch, dann nur «Hat's noch Milch?» und «Kann ich jetzt gehen?». Trotzdem konnte Muriel sich zusammenpuzzeln, was ihn beschäftigte. Schliesslich wusch sie ihm noch immer seine Kleider, räumte hinter ihm auf, wechselte seine Bettwäsche. Sie roch den Zigarettenrauch in seinen Pullovern,

fand Bustickets in seinen schmutzigen Jeans, abgestempelt zu Zeiten, in denen er eigentlich noch im Unterricht oder im Fussballtraining hätte sein sollen. Auf der Bettwäsche mit den gelb-roten Raketen, die er einst so geliebt hatte und heute kindisch fand, sah sie eingetrocknete Flecken. Der Unterwäschekatalog, der jahrelang zwischen Matratze und Bettrost geklemmt hatte, war verschwunden. Sie hätte gerne gewusst, ob er eine Freundin hatte, getraute sich jedoch nicht zu fragen. Die einzige Antwort, die sie bekommen würde, wäre eine zuschlagende Zimmertür.
Es schien ihr, als hätte sich ihr Sohn rückwärts verpuppt. War er früher ein Schmetterling gewesen, quirlig und zart, war aus ihm eine träge und nimmersatte Raupe geworden, die sich meist vor dem Kühlschrank aufhielt. Pickel mit Eiterwipfel an Backe und Stirn. Oberlippenflaum. Vorstehende Schneidezähne, im Mund eine Zahnspange. Der Körper verzogen wie ein zu oft gewaschener Pullover, die Arme zu lang, der Oberkörper zu schmal. Die Tatsache, dass er neuerdings über funktionsfähige Schweissdrüsen verfügte, ignorierte er. Darüber, dass sie nach der Niederkunft befunden hatte, noch nie so etwas Köstliches gerochen zu haben wie ihren Sohn, konnte Muriel nur noch den Kopf schütteln. In seinem Kinderzimmer roch es wie in einer Schweinemästerei. Nichts schien ihn mehr zu interessieren. Nicht einmal mehr Kaspar, das Kaninchen. In London, wo sie diesen Frühling gewesen waren, hatte sie Mühe gehabt, ihn aus dem Hotelzimmer zu locken.
Muriel machte ihrem Sohn keine Vorwürfe. Aussitzen war ihre Devise. Zu gut erinnerte sie sich an ihre eigene Jugend, als ihre Mutter ständig an ihr herumgezetert hatte, weil nichts, was Muriel tat, ihren Erwartungen entsprach. Ihre Musik war zu laut gewesen, ihre Freunde die falschen. Dabei hatte sie eigentlich nur einen Freund gehabt, Manuel Furler, der einzige Sohn des Gemeindepräsidenten und Lehrling in der Dorfmetzgerei.

Muriel wohnte damals wie heute im Nachbarsdorf. An sechs Tagen die Woche lenkte sie ihr Mofa im Morgengrauen über grasbewachsene Kuppen und durch Täler wie über ein grün wogendes Meer. Bauern hatten Zäune rund um Viehkoppeln und Obstplantagen gezogen, als wollten sie verhindern, dass sie zum Nachbarn hinüberschwappten.

Manuel Furler war vier Jahre jünger als sie und der einzige Lehrling im Betrieb. Schmal wie ein Besenstiel, buschiger Schnauzer, darunter die Narbe einer Hasenscharte, ein goldener Ring im rechten Ohrläppchen. Er hatte die Gestalt einer Vogelscheuche, führte das Schlachtermesser aber mit erstaunlicher Kraft. Die gleichaltrigen Burschen im Dorf mochten ihn nicht, weil er anders war als sie. Er interessierte sich nicht für Autos, fluchte nicht, behandelte Frauen mit Respekt. Die Frauen mochten ihn nicht, weil er nicht war wie die anderen Kerle.

Es war Ende Juli 1974, Metzgermeister Georg hatte Muriel und Manuel zum Wursten verdonnert. Zum Nationalfeiertag kauften alle Dörfler Cervelats, schnitzten Schweineschnäuzchen in beide Wurstenden und stritten mit ihren Kindern, ob es um neun Uhr abends schon dunkel genug war, um Raketen abzufeuern. Muriel und Manuel hatten Rinds- und Schweinefleisch, Speck und Schwarte abgewogen, ebenso Salz, Pfeffer, Muskatnuss und Nelken. Alles zusammen gaben sie in den Blitz und fügten kaltes Wasser dazu. War das Brät rosa und feinkörnig, mussten sie es mit dem Füllrohr in Därme füllen, Luftblasen herauskneten und die gleichmässig geformten Cervelats an den Enden mit Metallclips verschliessen.

Auf dem Fenstersims stand ein verstaubtes Radiogerät. Die Musik, die es von sich gab, klang dünn und gepresst, als sei sie mit dem Fleischklopfer bearbeitet worden.

«It's gettin' dark, too dark to see, I feel like I'm knockin' on heaven's door», sang Manuel. Seine Stimme war überraschend tief.

«Was?», fragte Muriel, liess eine Wurst in den Eimer gleiten und zog den nächsten Darm übers Füllhorn. So musste es sich anfühlen, wenn man einem Mann ein Kondom überzog. Sie hatte noch nie eines benutzt. Wo hätte sie die auch kaufen sollen, ohne dass es nachher das ganze Dorf, oder schlimmer noch, ihre Mutter wusste?
«Das Lied im Radio», sagte er. «Von Bob Dylan.»
Eine quäkende Stimme sang von einem, der im Dunkeln stand und um Einlass in den Himmel bat. Den Rest verstand Muriel nicht. In der Schule hatte sie nur zwei Jahre Englisch gehabt, das meiste hatte sie wieder vergessen.
«Klingt gut», sagte sie.
«Nein», hatte er erwidert. «Es klingt richtig.»
Muriel verstand. Das Lied machte Schmerz hörbar. Oder Sehnsucht. Schwer zu sagen.
Und dann begann die Zeit, da Manuel an den Wochenenden auf sein Fahrrad stieg und Muriel zu Hause in Kleedorf besuchte. Umgekehrt wollte er nicht, dass sie ihn besuchte. Seine Eltern seien echte Spiesser, sagte er, und Muriel fragte sich, was an ihren Eltern nicht spiessig sein mochte. Ihre Eltern Emma und Bruno, die wortlosen Eheleute, die einander umkreisten wie zwei Planeten, jeder auf seiner vorgegebenen Bahn, ohne sich nahezukommen, geschweige denn sich zu berühren. Das ganze Haus hatten sie mit Teppichen ausgelegt – Webteppiche, Orientteppiche, Küchenläufer, Fussmatten, Bettvorleger, Stufenmatten, die ihre Schritte dämpften, wohl in der beiderseitigen Hoffnung, sie könnten unbemerkt aneinander vorbeischleichen.
Eines hatte Muriel damals schon gewusst: Eine solche Ehe würde sie niemals führen. Vielleicht war das auch der Grund, weshalb sie auch später keinen Mann wollte, als sie mit Mirco allein war. Sie hatte körperliche Bedürfnisse, gewiss. Aber die liessen sich stillen. In der Nachbarschaft lag der Hof des Bauern Hermann. Seine Frau Irma fuhr jeden Dienstagabend mit dem Rad zum Turnen. Er war ein netter Kerl, der

Bauer Hermann. Wenn in ihrem Bad der Wasserhahn tropfte, reparierte er den gleich mit, und im Bett enttäuschte er sie nie. Nur einmal hatte er davon gesprochen, seine Frau zu verlassen. Für sie. Und für Mirco. Daraufhin hatte sie sich nicht mehr bei ihm gemeldet, war ihm aus dem Weg gegangen, hatte nicht geöffnet, wenn er bei ihr klingelte. Als sie viele Wochen später an einem Dienstagabend wieder vor seiner Tür stand, als wäre nichts gewesen, hatte er sie reingebeten und nie mehr ein Wort darüber verloren.

Damals aber, als sie erst zwanzig war und Manuel seine freien Nachmittage bei ihr verbrachte, hätte sie schon gern einen Mann gehabt. Einen richtigen Mann, für sich allein. Muriel wusste auch, welchen. Sie liebte ihren Chef, den Metzgermeister Georg. Seine Augen hatten die Farbe von Bernstein, sein Haar war rotblond und kraus. Das Muster seiner Sommersprossen hätte sie blind nachzeichnen können. Die Hände waren gross wie Fleischerplatten, die Figur stämmig. Über den Schnüren seines Schlachterschurzes zeichnete sich ein Bauchansatz ab.

Manuel hörte zu, wenn Muriel von ihrem gemeinsamen Chef schwärmte.

Ab und an zitierte er aus einem Liedtext.

«Oh, my love, my darling, I've hungered for your touch, A long, lonely time.»

«Wishin' and hopin' and thinkin' and prayin', Plannin' and dreamin' each night of his charms.»

Danach rauchten sie schweigend. Zogen den Zigarettenrauch tief in die Brust, um den Schmerz, der dort wütete, auszuräuchern.

Und wenn sie rauchten, hörten sie Musik.

So laut, dass sie den Bass fühlten, wie er ihnen gegen die Brust trommelte, gegen den Bauch. So laut, dass sie Emmas Gezeter nicht hörten.

Am Tag von Manuels Beerdigung hatte Muriel ihren Sohn bei Emma gelassen und sich abseits der Trauergemeinde

auf den Friedhof gestellt, halb verdeckt von Grabsteinen und einem Brunnenstock. Sie konnte Manuels Mutter sehen, die weinte. Um ihren Sohn, der da im Sarg lag. Und um sich selbst, die nun offiziell die Mutter eines Selbstmörders war. Der Vater stand daneben, regungslos, ohne steif zu wirken, wie es sich für einen Gemeindepräsidenten gehörte. Sein Doppelkinn erhob sich über dem Kragen des weissen Hemdes. Ob ihn der Verlust seines Sohnes betrübte? Es war ihm nicht anzusehen, dem Kurt Furler.
Unter den Trauergästen stand auch Metzgermeisterin Louise. Alt war sie geworden, stellte Muriel mit Genugtuung fest. Ihr Mund war eingeklammert von zwei Falten, die sie noch nie an ihr gesehen hatte. Und die Winterjacke spannte vorne am Bauch, wie sie es oft tat bei älteren Frauen. Den Metzgermeister sah Muriel nirgends.
Polizisten in Uniform standen Spalier. Einen von ihnen, einen braun gebrannten Schönling, glaubte sie schon mal gesehen zu haben. Damals im Advent, als sie Manuel zufällig in der Stadt getroffen hatte. Plötzlich war er vor ihr gestanden, den Schönling an seiner Seite. Sie hätte ihn nicht erkannt, in Uniform und Mütze, wäre da nicht der Schnauzer gewesen. «Manuel», hatte sie überrascht gerufen, aber er war einfach an ihr vorbeigegangen. Dabei hatte er sie gesehen, da war sie sich sicher.
«Warte doch!» Sie hatte ihn am Arm gepackt. «Lass uns bitte reden.»
Er hatte sich losgerissen und war in der Menge verschwunden, der Schönling war ihm gefolgt.
Später dachte sie manchmal daran, ihn anzurufen. Aber was hätte sie ihm sagen sollen? Dass es ihr leidtue, dass sie ihn verraten hatte? Dass sie den Metzgermeister Georg auch nicht bekommen habe? Dass sie ihn, Manuel, vermisste? Vielleicht hätte sie das sagen sollen. Sie hatte sich die Sätze zurechtgelegt, so lange im Kopf hin und her gewälzt, bis sie rund und glatt waren wie die Steine, die sie als Kind über die

Wasseroberfläche der Gumpe im Dorfbach hatte hüpfen lassen. Doch jedes Mal, wenn sie zum Hörer griff, waren ihr die Worte wie Felsbrocken vorgekommen, die zu schwer und klobig waren, als dass sie sie hätte aus sich herauswürgen können.

Damals, als sie zwanzig gewesen waren, da war ihnen das Reden noch leichtgefallen. Auch das Reden über Schwieriges. Manuel hatte von Georg geschwärmt, nachdem sie schweigend geraucht und rauchend Musik gehört hatten. Von seinen Augen, von seinem Haar, von seinen Händen. Er habe etwas von Terence Hill. Das Kinn. Das Lächeln. Und diesen klaren Blick. Und dann war der Augenblick gekommen, in dem Muriel ihn gefragt hatte, ob er vielleicht auch in Georg verliebt sei. Sie erinnerte sich an die Geräusche, die sich zwischen ihre Frage und die Antwort geschoben hatten. Das Knistern der Nadel am Ende der Platte, das Klicken, als sich der Tonarm hob. Die Kirchenglocke, die die volle Stunde schlug.

«Du sagst es doch niemandem?», hatte Manuel gesagt. «Don't let me down.»

Sie versprach es ihm.

Hoch und heilig.

Dann war sie schwanger geworden.

Aus heiterem Himmel.

Ihre Mutter war der festen Überzeugung gewesen, dass Manuel der Vater war. Sie hatte ihn nach der Arbeit abgefangen und ihm ins Gewissen geredet, dass er die Verantwortung wahrnehmen und Muriel heiraten müsse.

Manuel war eingeknickt. Vermutlich, weil er sich ein normales Leben wünschte. Ein Leben, wie es seine Eltern für ihn vorgesehen hatten. Herr und Frau Gemeindepräsident, die nicht verstehen konnten, warum ihr Sohn nicht war wie alle anderen. Warum er sich nicht für Autos interessierte. Warum er nicht fluchte. Warum er Frauen mit Respekt behandelte.

Aber Muriel hatte sich geweigert, Manuel zu heiraten. Und als das nichts half, hatte sie herumerzählt, dass Manuel Männer liebte.

Siebzehn Jahre war das jetzt her. Siebzehn Mal erster August. Brät in Därme füllen, Luftblasen rauskneten, fertige Würste mit Metallclips verschliessen. Sie wurstete noch immer. Nur nicht mehr beim Metzgermeister Georg. Ihm hatte sie als Erstes von ihrer Schwangerschaft erzählt, im Lagerraum der Metzgerei. Verstimmt war er gewesen, der Metzgermeister. Verstimmt wie das Klavier, auf dem er herumgehämmert hatte.

Sie hatte gehofft, er sage so etwas wie: Wir schaffen das.

So etwas wie: Ich bin da für dich.

Vielleicht sogar: Ich liebe dich.

Gesagt hatte er: Na dann wollen wir mal.

Danach war er nach Hause gegangen und hatte die Sache mit seiner Frau besprochen. Louise wollte Gerede vermeiden. Das Geschäft, die Leute im Dorf. Also liess Georg Muriel fallen wie einen heissen Fleischkäse, den man ohne Topflappen aus dem Ofen zog. Er stellte sie frei. Per sofort. Muriel sah den Metzgermeister viele Jahre nicht wieder. Als Mirco ein halbes Jahr alt war, trat sie eine Stelle in der Stadt an. Zwei Tage die Woche, in der Metzgereiabteilung einer Kaufhauskette. Im Dorf mit den alten Eichen liess sie sich nicht mehr blicken. Nur einmal im Jahr, an Manuels Todestag, besuchte sie sein Grab.

Ein Auto näherte sich ihr von hinten. Das Scheinwerferlicht huschte an ihr vorbei, warf zwei zitternde Leuchtkegel auf die Strasse, die Baumskelette auf den Weiden, die Hochspannungsmasten mit ihren hängenden Schultern. Seit dem Bau der Umfahrungsstrasse fuhren nur noch wenige Autos die alte Landstrasse entlang. Strassenlaternen gab es keine, Fuss- oder Fahrradwege auch nicht. Meist fuhren hier Betrunkene vorbei, um den Polizeikontrollen auszuweichen. Muriel machte einen Schritt zur Seite. Der nasse Rock klatschte an ihre Beine. Die Erde neben dem Asphalt war mit Regenwasser aufgeweicht. Sie stolperte und lief zurück auf die Strasse. Der Autofahrer würde sie schon sehen, sie trug helle Kleider. Parka. Schuhe. Nylonstrümpfe.

TERESA 2022, STADT

«Warum ist Papa damals eigentlich von uns fortgegangen?»
Ich kann durchs Telefon hören, wie Mutter den Küchenstuhl vom Tisch wegzieht und sich seufzend hinsetzt.
«Was soll das jetzt, Hase? Ich hab' einen Hackbraten im Ofen.»
Ich lasse die Beine aus dem Schrank baumeln und werfe einen Blick aufs Handy. Ein Balken nur. Der Empfang ist schlecht. Mutters Stimme flackert.
«Da fragst du ihn wohl besser selbst. Unsere Ehe war schon lange nicht mehr gut. Er trank zu viel, war kreuzunglücklich. Das hat mich rasend gemacht.» Sie schiebt sich etwas in den Mund, kaut und schluckt. «War er weg, dann fühlte sich die Wohnung leer an. Ich war allein mit einem kleinen Kind. Und wenn er da war, fühlte sich die Wohnung auch leer an. Dann war ich allein mit einem kleinen Kind und ihm. Wie ein schwarzes Loch war er, der alles Schöne verschluckte. Ich war hilflos, fühlte mich verraten. Auf jeden Fall stritten wir ständig. Dass er dann aber eines Abends einfach so seine Sachen packte und verschwand, damit hätte ich nicht gerechnet. Er kam nach Hause, roch nach Alkohol wie meistens in dieser Zeit. Seine Uniform war nass vom Regen. Das weiss ich noch, weil eine Wasserlache im Hausflur lag, nachdem er gegangen war.»
Mutters Küchenstuhl schrammt erneut über den Boden. Das Surren der Abzugshaube wird lauter.
«Uniform?», frage ich. «Ich dachte, er trug seine Lederjacke mit dem speckigen Kragen. Daran erinnere ich mich ganz genau.»
Mutter macht ein Geräusch mit vollem Mund, das ich als Verneinung deute. Ein Küchenschrank wird geöffnet.

Glasbehälter werden hin- und hergeschoben. Der Gewürzschrank, vermute ich.
«Quatsch», sagt sie. «Du warst im Bett und hast geschlafen. Übrigens hörst du die Geschichte hier nicht zum ersten Mal. Vielleicht hast du sie im Lauf der Zeit zu deiner Erinnerung gemacht. So was kommt vor.»
Ich verstehe nicht, was Mutter meint. Worauf soll man vertrauen, wenn nicht auf die eigenen Erinnerungen?
«Aber Papa verschwand am dreiundzwanzigsten November, nicht wahr? Ich erinnere mich an den ewigen Kalender, der bei uns im Hausflur hing.»
«Der Kalender mit dem Fliegenpilz?», sagt Mutter. «Der hing nicht bei uns im Flur, Teresa. Der hing bei Loulou-Oma. Du bringst da etwas durcheinander.»
Die Ofentür klappt auf und wieder zu.
«Auf jeden Fall», fährt sie fort, «wurde er kurz darauf mit einer anderen gesehen, dein Vater. Blond. Stark geschminkt. Sah aus wie ein Popsternchen. Ich denke, das war der Grund für sein Verschwinden.»
«Das kann nicht sein», sage ich. Auf meiner Zunge wächst ein Fell. Ich schlucke. Würge. «Es muss einen anderen Grund geben. Etwas Schlimmes muss passiert sein. Ein Autounfall oder so.»
«Wie kommst du denn auf so was.»
Ein Küchenwecker klingelt. Die Ofentür klappt zum zweiten Mal auf, meine Mutter flucht. Vermutlich tastet sie mit beschlagenen Brillengläsern nach dem Geschirrtuch.
Der Topfuntersetzer klappert. Unten bröseliger Kork, oben ein Keramik-Mosaik. Eine Bastelarbeit in der Grundschule.
«Manchmal, Hase, sind die Dinge banaler, als man denkt.»

FRANK 2009, STADT

Das Trinkglas lag auf den Fliesen des Küchenbodens. Frank Hodapp hatte es mit dem Ellenbogen vom Tisch gestossen, als er eingenickt war. Der Boden des Glases war intakt, aber am Rand waren ein paar Scherben abgesplittert. Es sah aus wie eine gezackte Sprechblase, in der ein Wort mit Ausrufezeichen zu stehen hatte. Peng! Crack! Oops!

Frank nahm das Kuvert mit Trauerrand, das er mit dem Zeigfinger geöffnet hatte. Es sah aus, als hätte es ein Tier gerissen. Auf der Vorderseite erkannte er die Handschrift seiner Schwester Caroline, widerspenstig wie sie selbst. Frank hatte bereits gewusst, was in der Todesanzeige stand, als er sie nach Dienstschluss aus dem Briefkasten fischte. Das Pflegeheim hatte ihn vor ein paar Tagen telefonisch kontaktiert, und auch mit Caroline hatte er bereits gesprochen. Wer organisiert was. Die Abdankungsfeier am Donnerstag oder Freitag. Wer schreibt den Lebenslauf. Caroline lebte noch im Dorf ihrer Kindheit, in der Einliegerwohnung im Obergeschoss des Elternhauses. Frank konnte sie während des Gesprächs vor sich sehen, wie sie durchs Fenster blickte, auf die Rebstöcke, die zu dieser Jahreszeit noch nackt waren, und auf die rissige Kante des Steinbruchs, die wie ein abgekauter Fingernagel zwischen den Tannenspitzen hinausragte. Sie waren sich nie nahe gewesen, seine Schwester und er. Auch als Kinder nicht. Konkurrenten waren sie gewesen um das Wenige an Wärme, das es zu Hause gegeben hatte. Beide hatten sie unterschiedliche Strategien entwickelt, um mit Vaters Wutanfällen umzugehen. Während Frank versuchte, weniger Angriffsfläche zu bieten, indem er sich das Fleisch vom Körper pulte, hatte seine Schwester den gegenteiligen Weg eingeschlagen. Sie vergrösserte sich, machte sich gross, frass sich eine schützende Aussenmauer an, hinter der sie sich verschanzen konnte. Caroline wog gut hundertdreissig Kilogramm.

Ungelenk sank er auf den Boden und schaufelte mit der Hand die Scherben auf das Kuvert. An einer Scherbe klebte ein braunes Haar. Seines war es nicht. Er war mit Anfang vierzig ergraut, quasi über Nacht. Wie die Weinreben, die an den Hügelflanken rund um das Haus seiner Eltern standen. In Winternächten, die sogar den Gräsern auf der Wiese das Genick brachen, färbte der Raureif die Ranken weiss.

Er hielt das Haar ins Licht. Es hing nicht gerade herunter, sondern deutete störrische Locken an. Die Zahnarzthelferin vielleicht. Oder die andere, die, die er im Besenstiel, einer kleinen Spelunke in der Altstadt, kennengelernt hatte. In seiner Erinnerung flossen die Frauen ineinander, mischten sich zu einer, von der er kaum viel mehr hätte erzählen können, als dass sie ihn hernach nicht angerufen hatte.

Beziehungen starben Frank fast so rasch und sicher weg wie der Basilikum im Plastiktopf, den er ab und zu aus dem Supermarkt heimschleppte und auf seine Fensterbank in der Küche stellte. Mit Susanna hatte er es immerhin zehn Jahre ausgehalten. Mit Nicole knapp zwei. Alle anderen Beziehungen rechnete er nicht in Jahren, sondern in Monaten und häufiger noch in Nächten.

Es kam nicht mehr sehr oft vor, dass Frauen mit ihm nach Hause kamen. Er war in den letzten Jahren aus der Form geraten, hatte Bauchfett angesetzt. Die Füsse waren verschorft und vernarbt, die Haare grau geworden. Umso mehr fiel der Gelbstich in seinen Augen auf. Und seit man ihn von der Streife in den Innendienst versetzt hatte, waren ihm die Geschichten ausgegangen, mit denen er körperliche Unzulänglichkeiten hätte kompensieren können.

Die Frauen, die noch mit Frank nach Hause kamen, waren selbst nicht mehr jung und schön und hatten das gleiche Ziel wie er – eine Nacht lang alles zu vergessen. Die Traurigkeit.

Die Einsamkeit. Die Leere, die mit den Lebensjahren wuchs. Sie wollten sich wärmen am Körper eines anderen, sich wieder jung und lebendig fühlen. Am Ende der Nacht war es dann genau dieser Körper, Franks Körper, der sie abstiess, weil er ihnen Zerfall und Endlichkeit vor Augen führte.

Die Scherben klirrten, als Frank sie mit dem Kuvert in den Abfall warf. Alles ging in die Brüche, früher oder später. Beim Vater war es früher gewesen. Im Krieg vermutlich. Das Knie. Die Sprache. Die Wärme.

Jetzt war er tot.

Erstickt am Wasser in der Lunge.

Bei Franks seltenen Besuchen in den letzten Monaten waren Wedes Lippen blau gewesen. Er hatte nach Luft geschnappt, als sei er am Ertrinken. Meist hatte er so stark geschwitzt, dass er ausgesehen hatte, als läge er im Wasser.

Wede war im Schwarzwald ertrunken. Das musste ihm erst mal einer nachmachen.

Natürlich kannte Frank die Sagen, die sich um den Mümmelsee rankten, der ausserhalb des Dorfs auf einer Schwarzwaldanhöhe lag. Ab und an, so erzählten sich die Alten, stiegen die schönen Seefräulein, die Mümmlein, zu den Menschen hinab, und wenn ihnen ein Bursch gefiel oder wenn sie Rache üben wollten an einem, der sie angesprochen hatte, lockten sie ihn ans Seeufer und zogen ihn mit erstaunlicher Kraft hinunter in ihr Schloss, das aus glitzernden Wassertropfen bestand. An diese Geschichten hatte er denken müssen, wenn er den Vater sah, wie der im Krankenbett lag und zu ersaufen drohte. Aber warum in aller Welt sollte ein Mümmlein Interesse an diesem biestigen Greis haben, der sein Vater war?

Am Ende hatte die Lunge aufgegeben. Atemstillstand.

Das eigentliche Problem aber war das Herz gewesen. Chronische Herzschwäche. Frank hatte diese Diagnose nicht überrascht. Wedes Herz hatte schon immer nur mit halber Kraft gearbeitet.

Zumindest, was ihn betraf.
Dieser Vater, der grau und hart gewesen war wie der Granit, den er dreissig Jahre lang im Steinbruch auf der Schwend dem Berg abgetrotzt hatte. Nach dem Krieg hatte er kaum mehr einen Fuss über die Dorfgrenze gesetzt. Sein Granit aber war in alle Winkel des Landes gereist. Das Bismarck-Denkmal in Hamburg, das Kaiser-Wilhelm-Denkmal in Koblenz, die Rheinbrücke in Köln – am Anfang dieser Bau- und Kunstwerke stand die Zerstörung, die der Vater am heimatlichen Berg angerichtet hatte.
Er war Sprengmeister gewesen.
Stärker als Stein.
Härter als Stein.
In den Siebzigerjahren hatten die zunehmende Technisierung und die sinkende Nachfrage nach Werksteinen dem Granit- und Schotterwerk den Garaus gemacht. Der Steinbruch machte dicht, Franks Vater war gezwungen, Arbeit in der Asphaltmischanlage anzunehmen.
Er, der es gewohnt war, unter freiem Himmel zu arbeiten, verbrachte nun Tag für Tag neben dem auf hundertachtzig Grad geheizten Mischer in der Produktionshalle der Firma des alten Ossola, eines italienischen Einwanderers, der es im florierenden Strassenbau zum reichsten Einwohner von Rebdorf gebracht hatte. Wegen der Hitze und mangels Bewegung war Vaters Knie böser geworden. Zu Hause fluchte er über diesen Itaker, den man dorthin zurückverfrachten sollte, wo er hergekommen war.
Trafen sie den alten Ossola jedoch auf der Strasse, zog der Vater humpelnd die Mütze und machte einen angedeuteten Bückling.
Frank hatte sich geschämt für den Vater. Nicht wegen dessen Unterwürfigkeit. Sondern weil er im Gesicht des alten Ossola sehen konnte, dass dieser wusste, dass nicht der Respekt, sondern die Angst es war, die den Vater zu dieser Geste bewegte. Die Arbeitsplätze waren rar in diesem

Teil des Landes, wo es nichts gab als Wald, Reben und Granit.
Aus Granit war nun auch Vaters Grabstein.
Caroline und er waren sich einig gewesen.
Granit war nicht teuer.
Nur ein Holzkreuz war billiger.
Ein Holzkreuz hatte damals auf Manuels Grab gestanden, mit Namen und Lebensdaten.
Manuel Furler
18.4.1959 - 23.11.1982
Frank war an der Beerdigung gewesen. Im Dorf mit den alten Eichen, in dem die jungen Leute nur ans Wegziehen dachten. Und die alten Leute nur an die Lücken, die die jungen Leute durch ihren Wegzug hinterliessen.
Gefunden hatte man Manuel am sechsundzwanzigsten November. Da hatte er schon drei Tage tot in der Badewanne gelegen. Niemand sprach darüber, so etwas verbot der Anstand, und doch konnte man es überall wispern hören – beim Kopiergerät, in der Kaffeeküche, im Schiesskeller: Der Furler hat sich umgebracht. Aufgeschnittene Pulsadern. Wie ein Mädchen.
Frank hatte Manuel am Abend nach ihrem Streit zum Dienst abholen wollen. Als er nicht öffnete, hatte Frank angenommen, dass Manuel sich schämte wegen der Tuntensache und deshalb krank spielte.
Ein paar Wochen später hatte sich ihm der Neue vorgestellt. Direkt ab der Polizeischule. Hatte ständig über Fussball geredet, wenn sie zusammen auf Nachtpatrouille waren, und nie zugehört, wenn Frank etwas erzählte. Allerdings hatte Frank auch nicht mehr viel zu erzählen. Es gab keine Dates, keine Schiessübungen mehr für ihn. Er war jetzt fest zusammen mit Susanna.
Sie heirateten, bekamen ein Kind.
Sie liehen sich Geld von Susannas Eltern und bauten ein Häuschen im Dorf mit den alten Eichen. Wenn er aus dem

Küchenfenster blickte, konnte er den Friedhof sehen, auf dem Manuel lag.
Susanna hatte recht gehabt. Er besass alles, was es brauchte, um glücklich zu sein.
Nur wog das, was in der anderen Schale lag, viel schwerer.
Gefühlsgranit.
Furchtsfels.
Schamstein.
Er fühlte sich schuldig und wusste nicht, wofür. Er hatte Manuel genauso wenig ersäuft wie seinen Vater.
Er war kein Mörder.
Er war ein Niemand.

Wie ein Niemand hatte er sich auch damals gefühlt. Nach Kollers Geburtstagsfeier. Siebzehn Jahre war das jetzt her. Mitten auf der alten Landstrasse zwischen Kleedorf und dem Dorf mit den alten Eichen. Er war ausgestiegen und hatte im roten Schein seiner Rücklichter die Strasse abgesucht. Er hörte ein Rufen oder Jaulen und lief ums Auto herum. Da kauerte jemand am Strassenrand im flachgedrückten Gras. Leggins, Regenjacke, eine Mütze tief ins Gesicht gezogen. Schlank, blonder Pferdeschwanz. Eine Läuferin. Er hatte sie erwischt. An der Hüfte. Sie hatte Schmerzen, konnte aber gehen. Humpeln. Er stützte sie, half ihr ins Auto. Frank erkannte sie erst, als er die Fahrertür schloss und sich den Gurt über die Brust zog. Verquollene Augen. Schneeweiss im Gesicht. Rotz an der Nase. Und doch war sie es. Nicole, die Debbie Harry der Polizei. Nach Manuels Tod hatte sie das Revier gewechselt. Seither hatte er sie nur noch selten gesehen.
Frank hatte sie ins Spital fahren wollen. Doch Nicole wollte nach Hause. Sie wohnte seit ein paar Jahren in einem der Dörfer in der Umgebung, in die niemand fuhr, der nicht dort wohnte. Frank half ihr die Treppe hoch in ihre Wohnung. Half ihr aus den Schuhen. Half ihr aus den Laufhosen. Die Haut über dem Hüftknochen, den ganzen Oberschenkel bis

zum Knie hinunter, war dunkelrot und heiss. Er hängte ihre nassen Kleider über den Rand der Badewanne, suchte Schmerzmittel im Badezimmerschränkchen. Schminkzeug. Parfumflakons. Cremes. Wimpernzange. Haarspray. Von einem Mann keine Spur.

Und dann lag sie unter der Bettdecke, das nasse Haar mit einem Frottiertuch umwickelt, und schaute ihn an, wie er voll angezogen neben ihr auf der Bettkante sass.

«Bleibst du bei mir heute Nacht?»

Er wollte Nein sagen.

Er wollte sagen, dass er verheiratet war.

Dass er nach Hause gehen musste. Sich zu Kontrollzwecken küssen lassen musste. Schreien musste, bis das Kind wach wurde.

«Dabei weiss ich gar nichts von dir», unterbrach sie seine Gedanken und lächelte.

«Stimmt», antwortete er und strich ihr die nassen Stirnhaare aus dem Gesicht.

Nicole wusste nichts vom Stein in seiner Brust und nichts von Wodka in Plastikflaschen, die er in den Putzschrank stellte, im Büchergestell hinter die acht Bände des Brockhaus. Sie wusste nicht, dass er sich die Haut vom Leib kratzte und nicht, dass er nach nichts schmeckte. Sie wusste nicht, dass er ein Niemand war. Und solange sie es nicht wusste, konnte er vielleicht jemand sein. Jemand, der furchtlos war und entschlossen.

«Ich hole ein paar Sachen zu Hause. Es dauert nicht lange», sagte er und griff nach seinem Lumber.

An Nicoles Schlafzimmerfenster klatschte der Regen schwachen Beifall.

TERESA 2022, STADT

«Vaterschwein» steht auf dem Pappkarton, der an der Tür des Gatters hängt. Dahinter aufgewühlter Boden. Ein hohler Baumstamm. Ein Futtertrog. Aber kein Eber. Wo ist er, der Vater der fünf Ferkel, die im Gehege nebenan der Mutter zwischen den Beinen rumstaksen, sie in die Flanken knuffen, um sie zum Hinlegen zu bewegen?

Wir haben uns im Tierpark am Rande der Stadt verabredet. Neutraler Boden, hat Mirco gesagt. Gerade so, als herrsche Krieg bei uns zu Hause. Dabei braucht es für Krieg doch mindestens zwei Parteien. Zurzeit schlafe ich allein in der Wohnung. Mirco zieht es vor, im Meditationszentrum zu übernachten.

Er steht nach dem Abendessen nicht mehr pfeifend in der Küche, wäscht das Geschirr nicht mehr von Hand, obwohl unsere Küche über einen funktionstüchtigen Geschirrspüler verfügt, und der Duft von grünem Apfel hängt nicht mehr in der Luft.

Keine Nachrichten erscheinen mehr auf der Glastür der Duschkabine, die Mirco zuvor in den Dampf geschrieben hat und die ich lesen kann, sobald ich das heisse Wasser aufdrehe. Ein Herz. Ein Smiley. Vögel, die er unter einen fingerbreiten Klarhimmel gezeichnet hat. Darunter ein Haus mit rauchendem Kamin und eine Familie. Vater, Mutter, Kind.

Er schiebt seine Nase nicht mehr zwischen meine Brüste, wenn ich von der Arbeit komme und den Büstenhalter aus dem Ärmel ziehe, kaum ist die Haustür hinter mir ins Schloss gefallen. Er inhaliert nicht mehr meinen Duft, der, wie er behauptet, eine Mischung aus frisch gemähtem Klee und Kaffee ist.

Die Lücke, die jemand hinterlässt, ist die Summe unzähliger kleiner «Nicht mehrs».
«Und jetzt, wie weiter?», frage ich und schiebe meinen Fuss an den Rand der Pfütze vor der Parkbank. Im Regenwasser spiegelt sich ein neugeborenes Blau. Ein Himmelssplitter. Was passiert, wenn ich den Fuss da reinschiebe? Stehe ich dann mit einem Bein im Himmel?
«Sag du es mir», antwortet Mirco und blickt geradeaus auf das leere Gehege. Die Hände tief in den Hosentaschen. Das krause Haar fällt ihm in die Stirn. Am Hinterkopf liegt es plattgedrückt wie ein Kornkreis. Ich kann ihn vor mir sehen, wie er gerade noch auf seinem dünnen Futon gelegen und zur Decke hochgestarrt hat.
Schweigend.
Atmend.
An den Schläfen sind Mircos Haare grau. Werde ich Mitte vierzig auch graue Haare haben? Der Schwung seiner Nase ist derselbe, den ich von meinem Gesicht kenne. Und was ist mit seiner hohen Stirn? Meinem Ansatz zum Doppelkinn? Gibt es dafür eine Entsprechung im Gesicht des anderen?
Mircos Augen haben die Farbe von Bernstein, der äusserste Rand der Iris ist graublau.
Meine Augen haben die Farbe von Bernstein, der äusserste Rand der Iris ist graublau.
Beide haben wir rotblondes Haar.
Das Konto für M.
Die Angestellte des Metzgermeisters in den Siebzigerjahren, die ein Kind erwartete, ohne verheiratet zu sein.
Mircos Mutter, die in einer Metzgerei gearbeitet hat, in der Stadt zwar, soweit ihr Sohn sich erinnern kann, aber was war mit der Zeit vor seinen Erinnerungen?
«Lass das.» Mirco dreht den Kopf weg.
«Was?»
«Dieses Gaffen.»
Ich senke den Blick.

«Schau uns doch mal an», sage ich. «Haare. Augen. Alles gleich. Das kann doch kein Zufall sein. Du und ich, wir sind verwandt. Mein Grossvater Georg ist dein Vater. Wir können nicht zusammenbleiben. Wir können kein Kind haben. »
Mirco seufzt, legt den Kopf in den Nacken und schliesst die Augen.
«Die Dinge sind nicht immer so, wie sie aussehen», sagt er. «Erinnerst du dich an die Frauenkleider, die Emma in Brunos Werkstatt gefunden hat?»
Ich nicke müde, was er nicht sehen kann, weil er die Augen geschlossen hat.

Sieben Jahre alt war Mirco an jenem Abend gewesen. Seine Mutter arbeitete länger. Abendverkauf. So was gab es in der Stadt. Emma wusch nach dem Abendessen das Geschirr. Der Grossvater faltete seine Stoffserviette zu einem Viereck, zerzauste Mirco wortlos die Haare und ging in die Werkstatt. Mirco spielte auf den schwarz-weissen Bodenplatten, die immer kalt waren, auch im Sommer. Die Küche war der einzige Raum im Haus, in dem keine Teppiche lagen.
«Was machst du da?», fragte Emma und räumte die Teller in den Geschirrschrank über der Küchenzeile.
«Ich bin ein einbeiniges Pferd», antwortete er und schüttelte prustend den Kopf.
«Ein einbeiniges Pferd?»
«Ich habe nur ein Hufeisen.»
Emma drehte sich zu ihm um.
«Wo hast du das her?»
«Gefunden», wieherte er. «Draussen.»
«Hast du Grossvater gefragt, ob du es haben darfst?»
Das hatte er nicht. Also schickte sie ihn in die Werkstatt. Er stapfte mit dem Hufeisen über den Kiesweg hinüber zur Werkstatt. Die Steinchen unter seinen Schuhen knirschten und die Narzissen in den Rabatten verzogen schmollend den Mund. An der Mauer links und rechts der Werkstatttür hingen rostige Eisenringe, an die Kunden ihre Pferde anbinden

konnten. Mirco stellte sich vor, der Grossvater hätte Ochsen eingemauert. Das Einzige, was man von ihnen noch sehen konnte, waren ihre Nasenringe. Jedes Mal, wenn er in die Werkstatt trat, erwartete er, ihre zottigen Hinterteile zu sehen, an denen mit Kot verklebte Schwänze hin und her schwangen. Mirco drückte die Türklinke und lauschte. Er mochte die Werkstatttür. Sie hatte eine Stimme. Und sie hatte Launen. Manchmal ging es ihr gut, dann quietschte sie vor Vergnügen. Manchmal ging es ihr nicht gut, dann ächzte sie und stöhnte wie Emma, wenn sie die schweren Teppiche aus dem Wohnzimmer auf die Teppichstange hinter dem Haus hievte. Mirco unterhielt sich gerne mit der Tür. Der Grossvater aber griff zum Ölkännchen und einem fleckigen Lappen, wann immer sie einen Mucks von sich gab, und liess sie wieder verstummen. Er behauptete, die Tür mache ihm die Pferde scheu. An diesem Abend schwieg die Tür. Mirco trat in die Werkstatt.

Ochsenpopos sah er keine.

Er sah etwas anderes.

Eine Frau.

Sie war gross und trug ein langes Kleid. Auf dem Kopf einen Hut. Sie wiegte sich hin und her, als höre sie Musik. In der Hand hielt sie einen Spiegel mit silbernem Rand. Mirco konnte im Spiegel das Gesicht der Frau sehen.

Die Frau hatte das Gesicht seines Grossvaters.

Der Grossvatermund war rot und lächelte.

Die Grossvaterohren trugen goldene Ohrringe in der Form winziger Muscheln.

Die Grossvaterhände streichelten zärtlich über den dunkelgrünen Stoff des Kleids.

Mirco hatte schon wieder die Hand an der Werkstatttür, als ihn der Grossvater im Spiegel entdeckte.

Die Grossvateraugen wurden gross vor Schreck. Rasch wischte er sich mit einem Lappen die Farbe von den Lippen und drehte sich um.

Der Grossvatermund war rot verschmiert.
Die Grossvaterhände nestelten am Reissverschluss.
«Ich wollte, also, das Hufeisen, ich hab's gefunden», stammelte Mirco und drückte sich mit dem Rücken an die Tür.
Der Grossvater griff nach den goldenen Muscheln. Es klickte zweimal, als er die Clips von den Ohrläppchen riss.
In den Grossvateraugen sah Mirco die nackte Birne der Deckenlampe und eine ebenso nackte Angst.
«Du kannst es behalten», sagte der Grossvater.
Das nächste, an das er sich erinnerte, war, dass er über den Kiesweg rannte, hinter das Haus der Grosseltern. Dort kauerte er sich zwischen Regentonne und Hauswand. Über seine verschorften Knie hinweg sah er Häuser. Dahinter stand scherenschnittartig ein Wald. Er blickte zu Boden. Zwischen seinen Füssen lag das Hufeisen.
Er wollte kein einbeiniges Pferd mehr sein.
Mirco wollte er aber auch nicht mehr sein.
Nicht der Mirco, in dessen Kopf Frau Grossvater steckte.
Er richtete sich auf, packte das Hufeisen und warf es in die Regentonne. Die Wasseroberfläche zersplitterte und es polterte dumpf, als das Eisen auf dem Boden aufschlug.

Das Mutterschwein hat sich hingelegt, die Ferkel rangeln quiekend um die Zitzen. Ich ziehe die Strickjacke enger um den Oberkörper. Die Kälte steckt in meiner Brust, hart und kantig wie ein Zwetschgenkern.
«Dein Grossvater trug Frauenkleider?»
Mirco zieht hörbar Luft durch die Nase.
«Emma hat ihr Leben lang gedacht, Bruno hätte sie betrogen», sagt er. «Aber das hat er nicht.»
«Er hat sich selbst betrogen.»
«Emma hat dasselbe gemacht wie du», fährt Mirco fort. «Sie hat eins und eins zusammengezählt. Und ist dennoch zu einem falschen Resultat gekommen.»
«Das sagst du», sage ich und schiebe meinen Fuss in die Pfütze.

«Herrgott nochmal, Teresa, du hast dich verrannt.»
Mirco dreht sich zu mir um. Unter seinen Augen hängen dunkle Halbmonde.
«Jetzt sieh sie dir doch an, die Männer in den Dörfern unserer Kindheit. Alle sehen gleich aus. Alle haben sie das gleiche rotblonde Haar. Alle haben die gleichen sommersprossigen Gesichter. Alle sehen aus wie dein Grossvater. Es könnte irgendeiner von ihnen mein Vater sein, verstehst du? Irgendeiner.»
«Irgendeiner», wiederhole ich.
Ein Pfau schreit.
«Können wir nicht noch einmal von vorn anfangen?», fragt Mirco und macht eine Andeutung, als wolle er seine Hand auf meine legen, schiebt sie dann aber in die Hosentasche.
«Ich könnte am Samstag nach Hause kommen. Wir kochen etwas zusammen. Was meinst du?»
Das Leder meiner Schuhe und die Socken saugen sich mit kaltem Wasser voll. Den Himmel habe ich mir anders vorgestellt.

MURIEL 1974, DORF MIT DEN ALTEN EICHEN

Schaumkronen schwappten beim Anstossen über die Gläserränder, hingen an Schnauzbärten, tropften auf die klebrige Festbank. Über den Köpfen der Jäger wölbten sich die lichtbemalten Eichen. Louise, die Metzgersfrau, arbeitete am Kuchenstand der Samariter. Ab und an warf sie ihrem Mann einen missbilligenden Blick zu, doch der scherte sich nicht drum. Die Tanzcombo spielte auf. Muriel sass mit Manuel neben der Bühne, halb verdeckt von einem Haselstrauch. Sie tunkten Pommes in Ketchup und lachten über den Bauern Hermann, der sich mit seiner Frau Irma auf die Tanzfläche gewagt hatte und ihr alle paar Schritte auf die Füsse stand.

Manuel warf einen düsteren Blick in Richtung seines Vaters, der zwischen dem Metzgermeister Georg und dem Hufschmied aus Kleedorf sass und eine Geschichte erzählte, die die Männer am Tisch mit fröhlichem Lärm quittierten. Kurt Furler war seit letztem Frühling Gemeindepräsident und ein attraktiver Mann. Vom Typ her Georg nicht unähnlich. Die Haare rotstichig, eher gewellt als kraus, Wimpern so lang wie die Zweige der Kopfweide im Frühling, die Augen goldbraun. Der Ansatz zum Doppelkinn und der Drang, im Mittelpunkt zu stehen, waren seiner Schönheit abträglich.

Manuel zog eine Flasche und zwei Schnapsgläser aus der Tasche. Seine Eltern besassen Kirschbäume. Jedes Jahr verarbeitete die Mutter ein paar Kratten der Ernte zu Kirschkuchen, Prägel und Konfitüre. Der Rest landete im Fass.

Manuel und Muriel prosteten einander zu.

Auf den Metzgermeister.

Auf Bob Dylan.

Auf den Bauern Hermann.

Auf den Metzgermeister.
Als Muriel sich aufrappelte, war der Waldboden unter ihren Sandalen weich geworden. Als stünde sie auf einem Schweinebauch.
Sie wollte tanzen.
Jetzt oder nie, flüsterte ihr der Geist zu, den sie aus der Schnapsflasche gelassen hatten. Er würde ihr jeden Wunsch erfüllen, versprach er ihr kirschmundig, und Muriel glaubte ihm.
Die Tanzcombo spielte gerade «Sugar Baby», als sie ihre Hand auf die Schulter des Metzgermeisters legte.
«Tanzt du mit mir, Chef?», fragte sie aufgekratzt.
«Ja, tanz mit ihr, Georg», johlte der Furler Kurt. «Mit Färsen kennst du dich ja aus.»
«Färse? Hast du das Euter von der gesehen?», sagte sein Sitznachbar, der alte Bäcker Meier, der sich mit seinen gichtigen Fingern am Bierkrug festhielt.
Der Metzgermeister lachte.
Der Geist aus der Schnapsflasche lachte.
Der Schweinebauch unter Muriels Füssen giggelte und brachte sie ins Wanken.
«Wait till their judgement day comes!», sagte Manuel, als sie sich mit brennenden Augen neben ihn auf den Waldboden fallen liess, und drückte ihr ein weiteres Gläschen Schnaps in die zitternden Finger. Sie prosteten einander zu.
Auf den judgement day.
Auf Black Sabbath.
Auf den Bauern Hermann.
Auf den judgement day.
Als die Tanzcombo zu «Du bist nicht allein» von Roy Black aufspielte, kippte Manuel um. Nur wenige Takte später schnarchte er. Das Lied war noch nicht zu Ende, als einer von hinten über Muriel stolperte. Einer aus dem Nachbartal.
Irgendeiner.

Er war aus dem Wald gekommen. Der Reissverschluss seiner Jeans stand offen. Er sah nicht schlecht aus. Das krause Haar zu einem Pferdeschwanz zusammengebunden, es leuchtete rot im Licht der Lampions, Sommersprossen. Nur wenn er lächelte, konnte man sehen, dass seine Schneidezähne vorstanden wie bei Freddie Mercury.
Er, dem es gar nicht einfiel, sich vorzustellen, liess seinen verschleierten Blick über ihre nackten Beine wandern und half ihr auf die Füsse.
«Wie heisst du?», schrie er gegen die Musik an. Er hatte Mühe, auf dem Schweinebauch das Gleichgewicht zu halten.
«Muriel», antwortete sie.
«Wie?»
Die Eltern hatten ihr mit der Wahl ihres Vornamens einen Bärendienst erwiesen. Die Mutter hatte auf Muriel bestanden. Wegen der Bedeutung. Leuchtendes Meer. Der Name erinnerte Emma an die alte Heimat. An die Sommer, die sie mit den Eltern am Zandvoort Strand verbracht hatte. Salz auf der Haut und eine Muschel am Ohr, in der das Meer ein geflüstertes Geheimnis hinterlassen hatte, das es zu entschlüsseln galt. Und so war Muriel heute ein leuchtendes Meer mitten in der Schweiz und niemand kannte ihren Namen, weil niemand hier das Meer kannte.
«Monika», antwortete sie.
Viele Leute nannten sie so. Auch Kundschaft in der Metzgerei. Emma schimpfte, wenn es ihr zu Ohren kam, Muriel war es einerlei.
Haselblätter klatschten ihr ins Gesicht, als er sie unter dem Strauch hervor und auf die Lichtung zog. Während er am Getränkestand zwei Grosse bestellte, den Hosenstall noch immer aufgerissen, sah sie, dass der Metzgermeister sie von seinem Tisch her ansah. Auf seiner Stirn Furchen so tief, als hätte sie ihm einer mit dem Fleischerbeil hineingehauen.
Judgement day, dachte Muriel und zog ihren Irgendeiner zurück in den Wald.

Eine Wurzel drückte sich ihr schmerzhaft ins Kreuz. Das ganze «Souvenir, Souvenir» von Johnny Hallyday lang und ein halbes «Ich zähle täglich deine Sorgen» von Peter Alexander hindurch keuchte er ihr ins Ohr. Sie wandte den Kopf ab, um seinen Atem nicht riechen zu müssen. Sie konnte die Tanzenden sehen, nur wenige Meter entfernt auf der Waldlichtung, wie sie sich umeinander drehten, die Köpfe in die Nacken warfen und lachten, hinauf zu den Baumkronen, die genauso tief in die Nacht hineinwuchsen wie die Wurzeln in den Boden. Die Bäume waren es, die an diesem Sommerabend den Himmel und die Erde zusammenhielten.

Dass es vorbei war, merkte sie daran, dass ihr Kopf nicht mehr rhythmisch über trockenes Laub scheuerte. Er hatte nicht beschleunigt, nicht die Muskeln angespannt, sich nicht mit einem Stöhnen in sie hineinergossen. Irgendeiner hatte einfach aufgehört, sich zu bewegen, und lag nun schlaff und schwer auf ihr. Vielleicht war er gekommen. Vielleicht hatte er einfach aufgegeben.

Als sie zurück auf den Festplatz trat, Zweige zwischen den Zehen, Harz an den Handballen, packte die Tanzcombo gerade ihre Instrumente ein. Tische wurden abgewischt und Bänke zusammengeklappt. Der Platz unter dem Haselstrauch war leer. Am Jägertisch sass nur noch Manuels Vater, der Furler Kurt, das Kinn auf ein umgedrehtes Bierglas gestützt. Er blickte hoch, als sie an ihm vorbeistolperte.

«Ah, die Färse», rief er. Es klang, als sei ihm die Zunge im Mund angeschwollen. «Komm.» Er klopfte neben sich auf die Bank, ungeachtet der Kellnerin, die mit einem Becken Wasser und einem Putzlumpen vor seinem Tisch stand.

«Wo ist Georg?», fragte Muriel, ohne sich hinzusetzen.

«Der musste ins Bett. Louise hat ihn sturzbesoffen heimgenommen. Bei denen hängt der Haussegen schief, sage ich dir. Die Louise, die hat vielleicht Feuer im Hintern.»

Er blickte sie an.

«Du hingegen hast Blätter in den Haaren.»
Lachend zog er sich an der Tischkante hoch.
«Komm, ich bring dich zu deinem Mofa. Zeit, nach Hause zu gehen.»
Als sie unter den Bäumen hervortraten, leuchtete ihnen der Mond ins Gesicht, rund und gläsern wie der Boden einer Schnapsflasche.
Kurt hatte sich bei ihr eingehängt.
«Du und Georg», fragte er. «Läuft da was?»
Hecken säumten den Weg, Weissdorn, Brombeeren, Hagebutten, die Äste und Ranken ineinander verschlungen, so friedlich, dass es einen wütend machen konnte. Oder traurig. Muriel schüttelte den Kopf
«Schade, schade», sagte Kurt und tätschelte ihre Hand.
«Schade?», fragte sie und versuchte sich loszumachen.
Er hielt sie fest am Arm und schritt weiter kräftig aus.
«Jetzt bleib schon hier. Ich hätte mich halt für Georg gefreut. Dann hätte er auch mal einen hochgekriegt.»
Muriel stolperte. Die Strasse schlängelte sich silbern unter ihren Füssen durch die zirpenden Wiesen wie eine Blindschleiche.
«Auch einmal einen hochkriegt?» Ihre Stimme hatte einen weinerlichen Klang. «Aber wieso? Er hat doch eine Tochter.»
«Ja, Susanna», sagte Kurt und klopfte sich auf die Brust. «Ein prächtiges Mädchen. Kommt ganz nach dem Vater.»

TERESA 2022, STADT

«Du hast Kundschaft», ruft Heinz aus seinem Büro. Er klingt verärgert. Ich habe meine Mittagspause überzogen, war zu lange mit Mirco im Tierpark. Heinz war in Sorge, dass er in meiner Abwesenheit sein Büro verlassen und Kunden bedienen muss. Ich hänge die Strickjacke an den Garderobenständer und blicke mich um. Der Laden mit seinen Regalwänden, Schränken und Gestellen ist unübersichtlich. Ich lausche, höre das Ächzen einer Holztür und eile in den hinteren Teil der Brockenstube. Mir schwant nichts Gutes.

Lange Beine und ein Hintern ragen aus meinem Schrank. Die Füsse stecken in abgewetzten Lederstiefeln mit gelber Naht.

«Was machst du da?»

Ein dumpfer Schlag, dann erscheint Alioths Gesicht in der Schranktür. Er reibt sich den Ellenbogen.

«Ich wollte ihn nur noch mal sehen. Wegen meiner Mutter. Es war niemand da...» Er bricht ab und seufzt. «Das sind deine Notizen da drin, stimmt's?»

«Spinnst du?»

In mir kocht es. Wut und Scham miteinander verschmolzen, Gefühlslava.

«Tut mir leid», sagt er und schiebt seine Brille den verschwitzten Nasenrücken hoch. Seine Ohren leuchten rot. «Das hab' ich auch gemacht. Ein paar Jahre ist's schon her. Allerdings habe ich damals ein Notizbuch vollgekritzelt und keinen Schrank.» Er lächelt schief. «Ich wollte damals wissen, wer mein Vater ist und wieso er gestorben ist und ob ich noch was anderes von ihm geerbt habe als das da.» Er zeigt auf die Narbe auf seiner Oberlippe. «Die Wahrheit wollte

ich wissen. Über mich. Hab' meine Mutter gelöchert und alles zusammengetragen.»
Ich schweige. Das Herz trommelt gegen die vor meiner Brust verschränkten Arme.
«Ich hab' nicht viel herausgefunden», fährt er fort. Seine Mutter sei auch keine Hilfe gewesen. Sie habe ihm lediglich erklärt, dass es mit der Wahrheit wie mit den Sternen sei. Einige leuchten hell, die sehe man sofort. Andere seien zu schwach, um sie von blossem Auge erkennen zu können. Der Mensch neige dazu, die Sterne, die er sieht, miteinander in Beziehung zu bringen, zu einem Bild zusammenzufassen. Zum Grossen Wagen zum Beispiel. Und dann denkt er, so ist es eben am Nachthimmel. So ist es wahr. Wenn er aber weitersuchen, mehr Sterne sehen und zum Bild hinzuaddieren würde, dann käme ein anderes Bild zum Vorschein. In diesem Fall der Grosse Bär.
Alioth blickt zur Decke der Brockenstube, als könne er durch die Stahlträger und Betonschichten den Himmel sehen. Staub tanzt um sein Gesicht.
«Was interessieren mich Sternbilder.»
Meine Stimme klingt wie der Wind, der sich im Winter durch die undichten Fenster der Brockenstube drückt.
«Was ich sagen will», fährt er fort, «ist, dass wir nie alles sehen, was gewesen ist. So ist es nun mal. Kann man nichts machen. Auf jeden Fall habe ich mir gedacht, dass wenn ich ja sowieso nicht mit Sicherheit wissen kann, warum mein Vater so früh gestorben ist, dann nehme ich die Geschichte, die mir am besten gefällt. Seither habe ich Ruhe.»
«Und die wäre?»
«Er ist im Polizeieinsatz gestorben. Als Held.» Er lächelt.
Wie das Pendel der Standuhr schwanke ich zwischen Bewunderung und Mitleid für so viel Naivität.
Er klopft sich auf die Oberschenkel.
«Falls du den Schrank doch noch verkaufen möchtest, hast du ja meine Nummer.»

Mit der Hand streift er meine Schulter, als er sich an mir vorbei in Richtung Ausgang schiebt. Ich folge ihm. Er riecht nach Rosmarin und Zahnpasta.

Ich versuche an Mirco zu denken.

Als wir die Kinderecke durchqueren, dreht er sich um. In seinen dunklen Augen sehe ich die Mobiles. Träge sich drehende Elefanten, Filzkugeln und Flugzeuge.

«Darf ich noch etwas fragen?» Er legt den Kopf schief. «Wer ist dieser Wede? Der stand zuoberst im Schrank.»

Es geht ihn nichts an. Gar nichts. Anderseits ist Alioth auch ein Suchender. Ein Hasenjäger. Ich seufze.

«Mein Grossvater. Er hiess Wedekind.»

Ich weiss nicht wieso, aber ich sage ihm, er soll warten, und laufe zurück zum Schrank. Die Tür steht offen. Ich wühle die Ansichtskarte mit den blühenden Kirschbäumen aus der Tasche. Alioth liest mit zusammengekniffenen Augen.

«Wede, Wede.» Er hebt den Kopf und schaut mich an. «Das kann alles Mögliche heissen. Willi Denzler. Oder Wolf Deringer. Oder Walter Dussmann.»

Ich ziehe ihm die Ansichtskarte aus der Hand und schaue ihn verständnislos an.

«Initialen», sagt Alioth leise. «W. D. Verstehst du? War im Militär gang und gäbe.»

LOUISE 2018, DORF MIT DEN ALTEN EICHEN

«Ich will ins Bett», sagte Louise Isenegger.
«Aber Loulou-Oma», antwortete die Frau, «wir sind doch gerade erst rausgegangen.»
Loulou-Oma. Dieser Name kam ihr bekannt vor. War sie das? Hatte die Frau sie gerade so genannt? Die Frau, die neben ihr auf dem Bänkli sass. Es war ihre Enkelin. Teresa. Aber wo war Jucko? Der wich ihr doch sonst nicht von der Seite. Ein guter Hund, der Jucko. Schlechter Stoffwechsel, aber guter Hund.
«Jucko.»
Sie schaute sich um. Jucko war nirgends zu sehen. Wo war sie? Dieser Garten kam ihr nicht bekannt vor. Alte Leute schoben Gehhilfen vor sich her oder sassen buckelig in der Sonne.
«Jucko ist tot», sagte die Frau neben ihr auf dem Bänkli.
Wer war diese Frau? Gerade hatte sie es doch noch gewusst. Und wer dieser Jucko, von dem sie sprach? Warum war er tot? Es war traurig, wenn jemand starb. Als ihre Schwester gestorben war, war Louise sehr traurig gewesen. Die kleine Esther. Goldblonde Haare und hellblaue Augen. Als hätte Gott sie als Engel erschaffen im Wissen darum, dass ihre Zeit auf Erden nur kurz sein würde. Ein Kaninchen hatte Esther gebissen. In den Finger, den sie durch den Maschendrahtzaun geschoben hatte. Niemand stirbt wegen eines Hasenbisses, hatte das Müeti gesagt, als die Schwester weinend in die Küche gelaufen kam, und sie wieder nach draussen gescheucht. Esther war dann doch gestorben. Sie hatte geschlottert. Hatte den Mund nicht mehr öffnen können. Das Gesicht verkrampft. Es war traurig, wenn jemand starb. Esther. Jucko. Ihr Mann. Ach, sein Name war Louise entfallen.

«Jucko», rief sie. «Komm, du Schlingel.»
«Er kommt nicht, Loulou-Oma. Jucko ist tot. Viele Jahre schon.»
Was redete die Frau da? Warum erzählte die ihr, dass Jucko tot war? Louise wusste es nicht. Sie vergass Dinge. Ihr löchriges Hirn glich einem dahingejufelten Fleischkäse, dem man die Luft vor dem Backen nicht ordentlich aus dem Brät geknetet hatte. Sie musste auf der Hut sein. Wenn die Frau merkte, dass sie schwach war, war es vorbei. Dann verlor sie ihren guten Ruf. Geld. Ihren Mann, den Georg, ja, so hiess er. Nein, sie durfte keine Schwäche zeigen.
«Wenn du meinst», sagte Louise. Das war ein guter Satz. Einer, der nie falsch war. Falsche Sätze gab es. «Jucko ist tot» zum Beispiel.

Louise erinnerte sich. An eine Frau vor ihrer Haustür. Viele Jahre war das jetzt her. Die hatte auch falsche Sätze gesagt. Und geweint hatte die. Wie hatte sie noch mal geheissen? Sie wusste es nicht mehr. Sie hatte den Namen vergessen. Sie vergass von hinten nach vorne. Als rolle der liebe Gott ihren Erinnerungsteppich auf. Noch lagen die Jahre ihrer Kindheit offen ausgebreitet vor ihr. Noch konnte sie darauf zugreifen. Auf ihr Müeti. Auf Esther. Auf die Kaninchen in den Holzställen hinter dem Haus, denen der Vater, der Pöstli-Wirt, vor Feiertagen mit einer raschen Bewegung aus dem Handgelenk das Genick gebrochen hatte, ihnen das Fell abgezogen, sie in Rotwein eingelegt, bevor er sie mit Lauch, Sellerie und Rüeblistückchen serviert hatte. Louise konnte das säuerliche Fleisch noch riechen, den Duft von Gewürznelken und Lorbeer. Manchmal fehlte gar kein Kaninchen in Vaters Ställen, dafür beklagte ein Nachbar das Verschwinden seines Büsis.
Schwanger sei sie, hatte die Frau vor Louises Haustür erzählt. Damals vor vielen Jahren. Das ist doch schön, hatte Louise gesagt. Wer schwanger ist, bekommt ein Kind. Alle wollten Kinder. Georg wollte Kinder. Louise wollte Kinder.

Nur leider konnten sie keine bekommen. Georg hatte als Bub Mumps gehabt. Den Pfuusi. Er konnte nichts dafür. So war es halt, das Leben. Louise war trotzdem wütend gewesen. Sie wollte ein Kind und bekam keines. Das war traurig. Manchmal war es aber auch traurig, wenn jemand ein Kind bekam. Die Frau vor Louises Tür war traurig.
Jucko hatte nicht gebellt, als Louise die Tür öffnete. Da war sie gestanden, die Monika, in ihrem unförmigen Parka. Rossschwanz und zu lange Stirnhaare. Louise hatte sie nicht hereingelassen. Warum nicht? Da war doch was. Jemand hatte bei Louise in der Küche gesessen. Jemand, der diese Geschichte nicht hatte hören dürfen, die die weinende Frau ihr erzählte, dort an der Tür.
Es war die Geschichte, wie sie, Louise, einmal nur, dem Werben des Furler Kurt nachgegeben hatte, lange bevor der Gemeindepräsident wurde. Auf dem Hochsitz auf dem Murenberg. Er wollte ihr das Balzritual der Goldammer zeigen. Den Singflug. Den Wellenflug. Und den Flugsprung, wo das Männchen hoch hinaufstieg und sich dann herabfallen liess. Zeigte sich das Weibchen beeindruckt, schüttelte das Männchen seinen Schwanz, bestieg das Weibchen mit einer Schnellbewegung und übertrug seine Spermien in das Weibchen. Mit etwas Glück gab es dann bald Nachwuchs.
Louise hatte Glück gehabt. Sie bekam ein Mädchen.
Dieses Mädchen sass, als die weinende Frau die Geschichte erzählte, in Louises Küche und wartete. Lauschte, was da vor sich ging an der Haustür. Es war ein gattiges Mädchen, das da in der Küche sass. Rotblonde Locken. Wimpern wie Sommervogelflügel. Dem Furler Kurt wie aus dem Gesicht geschnitten. Susanna hiess das Mädchen.
Susanna war Louises Tochter.
Susanna war nicht Georgs Tochter.
Georg hatte keine Tochter. Er hatte überhaupt keine Kinder. Sie hatte der Frau gesagt, dort zwischen Tür und Angel, dass sie die Geschichte für sich behalten müsse. Wegen der

Leute. Und wegen des Geschäfts. Louise wollte kein Gerede. Die Frau hatte den Kopf geschüttelt. Sie müsse an sich denken, hatte sie geschluchzt. Und an das Kind in ihrem Bauch, das ohne Vater aufwachsen müsse. Ohne diesen Irgendeiner. Bissoguet. Wie sage man so schön, Reden sei Silber und Schweigen Gold? Louise hatte verstanden. Ihr war ganz sturm geworden. Wenn die Frau merkte, dass sie schwach war, war es vorbei. Dann verlor sie ihren guten Ruf. Geld. Ihren Mann Georg. Da hatte Louise eine Zahl genannt. Dreihundert. Monika hatte zögerlich genickt. Erst dann hatte Louise die Tür geschlossen.
Es war einfach gewesen all die Jahre. Georg scherte sich nicht um Buchhaltung. Ein Konto. Monatlich eine Überweisung an Monika. Schweigegeld. Für M. So war es gewesen. Oder nicht?
Noch erinnerte sie sich daran.
Bald aber würde sie die Geschichte vergessen haben. Gott sei Dank.
Und alle, die sonst noch davon wussten, waren tot. Georg war tot. Der Furler Kurt war tot. Die weinende Frau vor ihrer Tür war tot. Blieb nur Louise übrig. Louise mit dem aufgerollten Teppich im Kopf.
Was blieb von einer Geschichte, wenn sich niemand mehr daran erinnerte?
Eine Leerstelle.
Und irgendjemand, der die Leerstelle füllte, mit einer neuen Geschichte. Eine, die vielleicht etwas weniger wahr, aber genauso wahrhaftig war.
Sie blickte sich um. Wo war sie? Dieser Garten kam ihr nicht bekannt vor. Alte Leute schoben Gehhilfen vor sich her oder sassen buckelig in der Sonne. Louise musste auf der Hut sein.
«Jucko.»

TERESA 2022, STADT

Die Ansichtskarte klebt an der Schrankwand. Die Vorderseite zeigt einen Hasen, der eine Weste trägt und einen Kittel mit langem Schoss. Auf der Nase sitzt eine Brille, in der Hand hält er einen Stock. Der Hase ist Lehrer. Genau wie Alioth, der am Gymnasium unten am Fluss Geschichte unterrichtet. Neben dem Hasen kleben drei weitere Ansichtskarten. Ein Münster aus rotem Sandstein. Ein Hirschkopf. Eine Berglandschaft mit den drei berühmtesten Gipfeln des Landes. Alioth schreibt von seiner vergeblichen Suche nach einem Schrank, der meinem gleicht. Von den Brockenstuben, die er bereits abgeklappert hat und von dem Trödelmarkt im Elsass, auf den er grosse Hoffnungen setzt. Er habe Herbstferien und deshalb Zeit. Seit seinem letzten Besuch ist jeden Tag eine Karte für mich eingetrudelt. Der Hirsch am Dienstag. Eiger, Mönch und Jungfrau am Mittwoch. Das Münster am Donnerstag. Den Hasen habe ich diesen Morgen aus dem Briefkasten der Brockenstube gefischt. Auf die Rückseite hat Alioth eine Frage notiert.

Samstag, Abendessen um neunzehn Uhr?

Ich betrachte die Schrankwand.

Die Ansichtskarten kleben über meinen Notizen.

Über meiner Familiengeschichte.

Die Ansichtskarten kleben über den Lücken in der Familiengeschichte.

Wie Heftpflaster.

Ich habe Alioths Rat befolgt und die Lücken mit Geschichtsbruchstücken aufgefüllt, die mir behagen. Mirco ist nicht mein Bruderonkel, mein Onkelbruder. Er ist der Sohn von Irgendeiner. Ich die Enkelin des Furler Kurt. Mein Vater hat niemanden totgefahren. Er ist ein Feigling, aber das ist

immer noch besser als ein Mörder. Und Grossvater Wede? Der hat die Waffe nur gegen sich selbst gerichtet.
So ergibt alles Sinn.
So könnte es gewesen sein.
Ich bin es, die Geschichten erschafft.
Nicht umgekehrt.
Ich forme aus meinen Händen einen Hund. Lasse ihn die Schnauze aufreissen.
Ich forme einen Hasen, der in Richtung seines Ansichtskartenartgenossen blickt und nervös mit den Ohren wackelt.
Der Lichtstreifen liegt auf meinen Oberschenkeln, zieht sich die Schrankwand hoch über Tapetenresten und fasrige Holzhaut.
Eine Narbe, denke ich.
Irgendwann war der Schrank verletzt.
Jetzt ist die Wunde verheilt.
Ich gebe der Tür einen Stoss, krabble kopfvoran in die Brockenstube und klopfe mir den Staub von Händen und Knien. Ich fühle mich wie neugeboren.
Es ist Zeit, meinen Schrank loszulassen.
Es ist Zeit, meinen Schrank zu verkaufen.
Alioth kann ihn haben.
Er wird sich freuen.
Ich streiche über das dunkle Holz, wie man über die Wangen eines lieben Menschen streicht, von dem man weiss, dass man ihn vielleicht nie wiedersehen wird, drehe mich um und laufe in den vorderen Teil der Brockenstube. Vor der Standuhr bleibe ich stehen und ziehe mein Handy aus der Hosentasche.
Bevor ich auf den Hörer drücke, lausche ich dem beharrlichen Ticken des Uhrwerks.
Die Zeit läuft nur in eine Richtung.
Vorwärts.
Sie schlägt keine Haken, überspringt keine Sekunde, bleibt niemals stehen.

Künftig werde ich es ihr gleichtun.
Nach vorne blicken.
Einen Neuanfang wagen.
Kein Grübeln mehr.
Keine Gruben mehr.
Ein Kind vielleicht.
Was soll schon schiefgehen?
Es klingelt acht Mal, bevor er den Hörer abhebt.
Ich lächle.
«Samstag ist gut.»

REBEKKA SALM, geboren 1979 in Liestal und wohnhaft in Olten, studierte Islamwissenschaften und Geschichte in Basel und Bern, arbeitet als Texterin, Moderatorin und Erwachsenenbildnerin.
Mit ihrem Roman *Die Dinge beim Namen* feierte sie 2022 ein bemerkenswertes Debüt.
Rebekka Salm wurde mit diversen Preisen ausgezeichnet: Förderpreise der Kantone Solothurn und Basellandschaft, Dreitannen-Förderpreis der Hans und Beatrice Maurer-Billeter-Stiftung.

Rebekka Salm
Die Dinge beim Namen
Gebunden
182 Seiten
ISBN 978-3-907334-00-3

Die Dinge beim Namen
ist im Frühjahr 2024 als Taschenbuch
im Kampa Verlag erschienen.
ISBN 978-3-311-15079-4

BESTEN DANK FÜR DIE UNTERSTÜTZUNG

kultur
SWISSLOS
Fonds des
Kantons Solothurn

DÄSTER
SCHILD
STIFTUNG

www.olst.ch
Olten®
Literatour,
(Stadt)

Der Knapp Verlag wird vom Bundesamt für Kultur mit einem Strukturbeitrag für die Jahre 2021 bis 2024 unterstützt.

Verein Freundinnen und Freunde des gepflegten Buches.
buchfreunde.ch

LEKTORAT | KORREKTORAT Petra Meyer, Beromünster
LAYOUT Monika Stampfli-Bucher, Solothurn
DRUCK CPI – Clausen & Bosse, Leck

1. Auflage, April 2024
ISBN 978-3-907334-20-1

Gedruckt auf umweltfreundlichem FSC-Papier.

www.knapp-verlag.ch